로크미디어가
유혹하는
재미있는 세상

ROK
MEDIA
로크미디어

이것이 방이다

이것이 법이다 90

2020년 6월 11일 초판 1쇄 인쇄
2020년 6월 16일 초판 1쇄 발행

지은이 자카예프
발행인 이종주

총괄 김정수
경영 지원 배진경 임혜솔 송지유

기획 이기헌 왕소현 박경무
책임 편집 최전경

발행처 (주)로크미디어
출판등록 2003년 3월 24일
주소 서울시 마포구 성암로 330 DMC첨단산업센터 3층 318호, 319호
Tel (02)3273-5135 **편집** 070-7863-8592 **Fax** (02)3273-5134
홈페이지 rokmedia.com **E-mail** rokmedia@empas.com

ⓒ 자카예프, 2015

값 8,000원

ISBN 979-11-354-5674-9 (90권)
ISBN 979-11-255-9575-5 04810 (세트)

이것이 법이다

90

자카예프 장편소설

ROK
MEDIA

로크미디어

CONTENTS

가장 오래된 법전

결국 최악의 사태가 벌어졌다.

노형진이 가능하면 방법을 찾으려고 하던 그사이에 말이다.

"회사장으로 치르라고 말해 놨어."

안당 마님은 불편한 얼굴로 담배를 털었다.

"죄송합니다. 이렇게 빨리 진행될 줄은 몰랐습니다."

노형진은 사과를 할 수밖에 없었다.

사람이 죽었다, 그것도 네 사람이나.

지적장애를 가진 오빠.

치매를 가진 엄마.

암에 걸린 아버지.

최악의 상황에서 여자는 극한으로 몰렸다.

그래서 나쁜 길인 걸 알면서도 어쩔 수 없이 가족을 위해 술집으로 나갔고, 단돈 50만 원에 사진이 찍혀서 인터넷에 뿌려졌다.

그녀는 그 사실에 충격을 받고 아버지에게 모든 사실을 말했고, 아버지는 미안하다며 이제 가족끼리 함께 가자는 말을 유서로 남기고 가족들과 동반 자살을 선택했다.

남은 것은 아무것도 없이 그렇게 일가족이 목숨을 잃었다.

'개 같은…….'

하지만 그럼에도 불구하고 국민정화당은 멈추지 않았다.

남들의 피해는 상관없이 자신들이 세상을 정화해야 한다면서 도리어 사진을 모으는 데 더 박차를 가하고 있었다.

"노 변호사."

전과 다르게 차갑고 진중한 안당의 목소리.

"내가 자네를 부른 건 더 이상 장례를 치르게 하고 싶지 않아서야."

노형진은 아무런 말도 못 했다.

여기서 말하는 장례는 피해자들의 자살이 아닐 것이다.

국민정화당의 핵심 멤버들은 죽일 수 없겠지만 그 관련자들과 깨끗한여성회 정도는 몇 명 죽일 수 있다.

"물론 그런다고 해서 그걸 멈추지는 않겠지."

어느 때보다 깊게 연기를 빨아들인 안당은 차분하게 말했다.

평소처럼 약간은 호통치는 그런 느낌이 아니었다.

마치 분노를 안으로 꾹꾹 누르는 듯한 느낌.

"하지만 내 속은 좀 풀릴지도 모르지. 어떻게 생각하나?"

"죄송합니다. 제가 빨리 움직였어야 했습니다."

"그래……. 하지만 어떻게?"

노형진은 입술을 깨물었다. 방법이 없었다.

가능하면 법의 테두리 안에서 활동하려고 했다.

하지만…….

'상대방이 법의 테두리 바깥에서 활동하겠다고 했지.'

물론 법률적으로 보면 명예훼손은 처벌이 강하지 않은 범죄에 속한다.

하지만 그렇다고 해서 그게 가벼운 죄인 것은 아니다.

당장 일가족이 자살을 선택해야 했다.

자신들의 이권과 명예를 위해 타인들을 죽음으로 내몰았다.

'생각해 보니 웃기는군.'

내로남불.

남들이 하는 위법행위에 관해서는 게거품을 물면서 자신들의 정의를 위해서라면 법은 개떡으로 안다.

그 정의 자체도 그들이 자신들의 이득을 위해 만들어 낸 가짜 정의다.

단순히 유흥업이라는 존재 자체가 기분이 나쁘다는 이유로 말이다.

"현상금을 걸겠습니다."

"그 정당인들 목에? 죽이겠다고 협박이라도 하겠다는 건가?"

"대한민국은 법치국가입니다. 그런 건 제 방식이 아닙니다."

아무리 노형진이 막나간다고 해도 그런 극단적인 방식은 선택하지 않을 것이다.

"그러면?"

"그들은 가족의 치부를 감추기 위해 대형 사건을 만들어 냈지요. 그렇다면 전 반대로 계획하겠습니다. 대형 사건, 아니 그들의 정당성을 훼손하기 위해 그들의 행동에 현상금을 걸겠습니다."

안당은 눈을 크게 떴다.

이에는 이. 눈에는 눈. 가장 오래된 법인 함무라비법전.

"다만 그 스케일이 얼마나 큰지 그들한테 느껴 보라고 하겠습니다."

노형진은 이를 빠드득 갈았다.

"그들에게 유흥업소가 왜 유흥업소인지 알게 해 주도록 하지요."

⚖️

유흥업소는 이미지가 안 좋다. 그리고 욕도 많이 먹는다.

그럼에도 불구하고 유흥업소가 존재하는 가장 큰 이유.

그건 다름 아닌 돈 때문이다.

그들은 유흥업소 종사자들의 사진을 얻기 위해 10억의 현상금을 걸었다.

하지만 그들이 생각하지 못한 것.

그건 돈만으로 따지면 진짜 미친 짓을 할 수 있는 건 정당이 아니라 유흥업소들이라는 것이었다.

과거에 밤의 황제라는 사람이 150억의 탈세로 잡혀간 적이 있었다.

그때 노형진에게 누군가 했던 말이, '그깟 푼돈 때문에 이 짓 안 한다'는 것이었다.

"공식적으로 유흥업소들은 이번 사건을 일으킨 주범과 그 가족들의 범죄행위에 관하여 현상금을 겁니다. 제일 작은 것은 30만 원. 침을 뱉는다든가 아니면 단순히 신호 위반 같은 것들입니다. 제일 큰 것은 최대 5억의 현상금을 겁니다. 어떠한 범죄행위도 상관없습니다. 그들의 범죄행위를 증명할 수 있다면, 그리고 그로 인한 법적 처벌을 받을 수 있다면 저희는 상관없습니다. 총예산은 100억. 이 예산이 떨어질 때까지 제보는 무한대로 받습니다."

기자회견장. 노형진은 평소와 다르게 전면에 나섰다.

그들이 선을 넘었기에 노형진은 그냥 둘 생각이 없었다.

"해당 사람들의 범죄를 보시거나 입증하실 수 있는 분들은 제보를 해 주시기 바랍니다. 감사합니다."

노형진이 기자회견을 마치고 나오자 누군가가 그의 멱살

을 잡아 올렸다.

"너 이 새끼 미쳤어!"

국민정화당의 당원인 그는 어이가 없어서 말이 안 나왔다.

물론 자살 사건이 벌어진 건 몰랐다.

하지만 그래도 그렇지 무려 100억이라는 돈을 현상금으로 걸다니.

"지금 멱살 잡았습니까?"

"뭐?"

노형진은 주변을 스윽 돌아봤다.

주변에 가득한 카메라와 기자들, 그리고 사람들.

"폭행으로 경찰을 부르죠."

"뭐라고?"

"당신들은 철저하게 법을 유린했죠. 하지만 우리는 철저하게 법을 지키겠습니다."

"뭐라고?"

당황하는 남자. 노형진은 피식 웃었다.

'남이 당할 때는 좋더니 자기가 당할 생각을 하니 눈앞이 캄캄한가 보네?'

노형은 씩 웃었다.

"왜요, 뭐가 잘못되었나요?"

자신들이 명예훼손을 한 것도 아니다.

명예훼손의 예비죄라는 것은 존재하지 않는다.

이것이 법이다

미수도 존재하지 않는다.

그들이 저지른 방법과 똑같다.

거기서 일한 사람들은 아무런 잘못도 하지 않았다.

그저 유흥이라는, 일반적으로 이미지가 좋지 않은 곳에서 일했다는 잘못 말고는.

그게 그들이 죽을 이유는 되지 않는다.

"켕기는 거 있습니까? 그러면 바르게 살면 됩니다."

노형진은 남자에게 차분하게 말했다.

"당신들이 말했지요, 더러운 건 정화한다고? 그래요, 정화해 봅시다. 그러기 위해서는 스스로부터 불살라야 하지 않겠습니까?"

노형진은 씩 웃었다.

남자는 그런 노형진의 눈빛을 보고 소름이 돋았다.

진짜로 미친놈의 눈빛이었다.

"이…… 이런 미친놈!"

"미친놈이라……."

노형진은 피식 웃었다.

"저를 미쳐 날뛰게 만든 건 당신들입니다. 그래, 어디 한번 미쳐 봅시다. 아, 마침 오시네요."

그 순간 경찰이 다가오자 노형진은 그들을 불렀다.

"무슨 일입니까?"

"이 사람이 저를 멱살을 잡으면서 폭행했고 또 미친놈이라고 모욕했습니다."

"아니, 그게……."

그는 흥분해서 한 일이었다.

하지만 명백하게 현행법 위반이다.

"정식으로 고발하겠습니다."

"그게 아니라 형사님, 저는 그냥 너무 흥분해서……."

"흥분했다고 해도 그러면 안 되죠."

경찰은 잠깐 눈을 찌푸리다가 노형진을 바라보았다.

"진짜로 처벌을 원하십니까?"

"네, 원합니다."

"알겠습니다."

노형진의 말에 경찰은 남자의 팔을 붙잡았다.

"동행 좀 해 주셔야겠습니다."

"이런……."

남자는 자신들이 진짜 잠자는 사자의 코털을 건드렸다는 사실을 알아차렸다.

무려 100억. 절대 작은 돈이 아니다.

하지만 안당 마님의 명령으로 전국의 술집들이 내놓은 돈이 부족한 것도 아니다.

전국에는 하루에 천만 원 매상을 올리는 술집들이 수두룩해서, 그들이 조금씩 내놓은 돈만으로도 충분히 100억을 만들어 낼 수 있었다.

"지금까지 유흥계가 업무 특성상 외부에 약하게 나간 건 사실입니다."

노형진은 모여든 사람들에게 차분하게 설명을 했다.

"물론 위법적인 부분이 있는 것도 사실이니 그 부분은 감수해야겠지요. 이 안에 성매매를 하는 분들도 계실 테고 안 하는 분들도 계실 테지만요."

노형진은 좌중의 사람들을 바라보았다.

"그건 개개인의 범죄에 관한 영역이니 터치는 하지 않겠습니다. 전 경찰도, 검찰도 아니니 여러분들이 범죄를 저지른다고 해서 단죄할 수 없으니까요. 하지만 유흥업에 종사한다는 이유로 혐오의 대상이 된다는 것은 인권의 문제입니다. 그래서 저는 이 부분을 확실하게 해결하고자 합니다."

"그래서 우리 동의 없이 무려 100억이라는 돈을 현상금으로 내건 겁니까?"

"네. 그게 부담이 되던가요?"

한 곳에서 천만 원씩 천 곳만 해도 100억이 나온다.

작은 규모의 가게라면 모르지만 여기에 모여든 사람들은 한 개 층이 아니라 최소한 네 개 층, 크게는 건물 하나를 통째로 유흥업소로 쓰는 재력가들이다.

"이런 말 하긴 그렇지만 천만 원은 당신네들 하룻밤 술값도 안 되는 돈 아닌가요?"

유흥이라고 하면 사람들은 룸살롱 같은 걸 생각한다.

하지만 유흥이라는 것은 클럽 같은 곳도 포함된다.

당장 클럽을 하루만 운영해도 순수익으로 1천만은 아무리 망해도 떨어진다.

서울의 모 클럽에서는 하루에 1천만 원 넘게 쓰는 사람도 분명 존재하며, 300만 원 정도는 클럽의 룸을 잡기 위해서는 기본으로 들어가는 돈이다.

아주 유명한 클럽은 한 세트당 1천만 원이며 심지어 한 세트에 1억이 넘는 코스도 존재한다.

"이건 자존심의 문제죠. 계속 병신으로 살 것인가 아니면 당당한 주인으로 살 것인가."

"……."

"물론 사회적으로 유흥이라는 이름의 이미지가 좋지 않은 건 압니다. 그래서 지금까지 유흥업소가 뭉쳐서 뭔가 한 적이 없었죠."

물론 이권이 있기는 하지만 단체로 뭉쳐서 뭐 한 적은 없다.

성매매 특별법에 관해서 시위를 하거나 해도 그건 유흥업소가 아니라 해당 종사자 여성들일 뿐이다.

지금까지 유흥업소들이 뭉쳐서 저항한 적은 단 한 번도 없다.

"그리고 현대사회에서는 그런 조직을 호구라고 하죠."

"호구……."

호구라는 말에 다들 눈을 찌푸렸다.

사회적으로 무시받는 직업일지언정 호구 취급받은 적은

없으니까.

　애초에 그 정도 규모로 가게를 하면 지역에서도 알아주는 유지다. 절대 무시받을 상황이 아니다.

　"아니면 나만 아니면, 내 아래에서 일하는 사람들은 무시받아도 된다고 생각하십니까?"

　"그건……."

　그들은 부자이지만 직원들은 가난하다.

　모든 자본주의의 현실.

　"빠지고 싶으시면 빠지시면 됩니다. 하지만 빠지시는 분들은 저희 홈페이지에 대문짝만 하게 올려 드리겠습니다."

　다들 입을 꾹 다물었다.

　그들은 바보가 아니다.

　그렇게 되면 직원들을 찍으려고 노리고 있는 놈들이 그 가게로 쏠릴 거라는 건 누구나 알 수 있는 사실.

　그러면 가게가 안 망하는 게 이상한 거다.

　"우리보고 집단을 만들어서 저항하라는 겁니까?"

　"아니요."

　"아니라고?"

　"저는 미쳐 날뛰라고 말씀드리는 겁니다."

　"미쳐 날뛰라고?"

　"네. 세상에서 가장 대응하기 어려운 전략이 뭔지 아십니까? 미쳐 날뛰는 겁니다."

패턴이 있거나 상식선에서 행동하면 다음 행동을 예측하기 쉽다.

하지만 이쪽에서 미쳐서 날뛰면 저쪽은 이쪽 패턴을 예측하기 힘들다.

"그러면 더더욱 대응하기 힘들어지죠. 그리고 만고불변의 진리가 있죠. 미친놈은 건드리지 않는 게 상책이라는."

"으음……."

"여러분들이 좋아서 이러는 게 아닙니다. 여러분 아래에서 일하는 분들의 인권을 위해 일하는 겁니다. 그러니까 돈 천만 원이 아까워서 안 하실 분들은 확실하게 말씀하세요. 그러면 빼 드릴게요."

물론 그렇게 하면 당장 직원들이 옮기려고 아우성일 것이다.

사람이 없으면 술을 팔 수도 없으니 당연히 그 손해는 천만 원을 훌쩍 넘을 거다.

"알겠습니다, 노 변호사님이 뭐 그렇게 말씀하시니."

한 명씩 고개를 끄덕거렸다.

사실 이들은 노형진의 말이 이해가 가서 동의한 건 아니었다.

노형진의 협박이 반쯤 먹힌 것도 있지만, 그보다는 안당이 무서웠기 때문이다.

지금까지 이 바닥에서 큰 어른으로 살아온 그녀가 화가 나서 눈이 뒤집어지면 피바람이 분다는 걸 아는 이들은 절대로 그녀의 눈 밖에 나고 싶지 않았다.

특히나 이번에 자살 사건이 터진 후로는, 살고 싶으면 일단 시키는 대로 하라는 분위기가 주변에 팽배했다.

"좋습니다. 그러면 시작하지요."

노형진은 고개를 끄덕거렸다.

⚖️

100억이라는 현상금이 걸리자 국민정화당은 난리가 났다.

"지금 우리랑 싸우자는 거야! 고작 술집 하는 새끼들이!"

어이가 없어서 안영희는 말이 안 나왔다.

자신들에게 걸린 무려 100억의 현상금.

문제는 대한민국에, 상대방의 범죄행위를 알아내고자 현상금을 거는 행위를 막는 법은 없다는 것이다.

욕을 한 것이 아니니 모욕죄도 아니고, 범죄행위를 저지르면 알려 달라고 했지 무슨 범죄를 저질렀는지 말한 게 아니기에 명예훼손도 안 된다.

그렇다고 당사자에게 말한 것도 아니니 협박이나 공갈도 아니고.

말 그대로 사회적 이슈는 엄청나게 일으키는데 정작 해당되는 것이 없다.

"아니, 술집 하는 더러운 새끼들이 감히 우리를 건드려?"

생각할수록 속이 뒤집히는 일이었다.

자신들이 누구던가. 아무리 세력이 작다고 하지만 정당인이고 정치인이며 국회의원이다.

　"대표님, 이거 어떻게 해야 합니까?"

　"어떻게 하긴 어떻게 해요! 우리만큼 깨끗한 곳이 어디 있다고! 무시하세요!"

　"하지만 벌써부터 사람들이 불편함을 호소하고 있습니다."

　정당의 주요 멤버들에게 벌써 파파라치가 붙었다.

　조그마한 실수라도 하면 그 순간을 찍어서 팔아먹었다.

　평소에 버릇처럼 침을 뱉던 사람은 경범죄로 벌써 40만 원이나 벌금을 냈다.

　물론 포상금이 그 몇 배나 나갔지만, 100억에서 나간 포상금보다는 그의 지갑에서 나간 벌금이 더 부담스러울 수밖에 없다.

　"결국 이런 건 우리가 유리할 수밖에 없습니다. 유흥이라는 게 뭔데요? 결국 더러운 술장사 아닙니까! 사회정의는 우리에게 있습니다. 그러니까 절대 꿀리지 마세요."

　안영희는 자신있었다.

　평소에 본인은 법 없이도 살 사람이라고 생각했으니까.

　그러니 전혀 문제가 없다고, 그렇게 믿어 의심치 않았다.

　"그건 개소리죠."

손예은 변호사의 우려 섞인 질문에 노형진은 차분하게 대답했다.

"그러면 100% 걸린다고 생각하세요?"

"네. 걸릴 수밖에 없습니다."

"어째서요?"

"사람이 살면서 법을 다 지키는 건 불가능하거든요."

간단한 경범죄부터 최악의 경우 큰 범죄까지, 사람들은 많은 범죄를 저지른다.

"법은 변호사들도 다 모릅니다. 그런데 개개인이 모두 다 지킬 수는 없죠."

"그게 문제가 아닌 것 같은데요. 그게 얼마나 큰 효과가 있느냐 그거죠. 그쪽에서 무시한다면 별 효과가 없는데요."

노형진은 손예은 변호사를 바라보았다.

"저는 그들이 겁을 먹고 멈추기를 바란 게 아닙니다."

"그러면요?"

"제가 원하는 건 그들의 파멸이죠."

"파멸요? 하지만 그냥 감시 정도로 파멸할까요?"

노형진은 이번 사건이 시작된 후 처음으로 살짝 웃었다.

"누군가가 자신을 스물네 시간 감시한다는 건 사람을 미치게 만드는 일입니다. 거기에다 그러한 행동이 감시를 넘어서 실질적인 불이익으로 돌아온다는 건 정신적 압박감이 더하죠."

"정신적 압박감이라. 하지만 그렇다고 해서 당이 무너질지 모르겠네요."

"무너집니다."

노형진은 씩 웃었다.

"이미 그들은 제 함정에 빠졌으니까요."

노형진의 눈이 광기로 번뜩거렸다.

"그놈들은 미쳐 날뛰는 게 얼마나 무서운 건지 모릅니다. 그리고 이제, 그걸 알게 될 겁니다."

국민정화당 서울시당. 그 안으로 한 무리의 경찰들이 몰려들었다.

"여기 황조팔 씨 있습니까?"

"제가 황조팔입니다만, 무슨 일이십니까?"

"황조팔 씨인가요?"

경찰들의 선두에 선 남자는 눈을 찌푸리고는 그를 바라보았다.

그러고는 이내 고개를 흔들며 머리를 정리했다.

"뭐, 일이 이렇게 되었으니 바로 갑시다. 박구정 씨, 김혁주 씨, 주안성 씨."

계속해서 불려 나오는 사람들.

종국에 가서는 사무실의 남자들 대부분이 불려 나왔다.

"저기 무슨 일이지?"

"왜 남자들만 불려 나온 거야?"

졸지에 이름이 불리자 어리둥절한 표정이 된 남자 직원들과 이상하다는 표정으로 바라보는 여자 직원들.

그들은 그다음에 경찰의 입에서 나온 말에 입을 쩍 벌렸다.

"지금 나오신 분들께 성추행으로 고발이 들어왔습니다."

"뭐라고요!"

"아니, 잠깐만요!"

"그게 무슨 소립니까! 성추행이라니!"

다들 당황했다. 성추행이라니?

"같이 경찰서 가시죠."

"무슨 말씀이십니까, 성추행이라니!"

"우리는 성추행 같은 거 한 적이 없습니다!"

당황해서 변명하는 남자들.

하지만 경찰들은 고개를 흔들 뿐이었다.

"아, 뻔한 소리 하지 말고 가세요."

"무슨 말입니까! 안 했다니까요."

"그건 조사하면 나오겠지요. 같이 가실래요, 아니면 저희가 영장을 받아 와서 수갑 채울까요?"

당장 남자 직원들은 당황했다.

성추행이라니, 생각지도 못한 상황.

"누가 한 겁니까?"

"그건 서에 가서 조사하면 알게 될 겁니다."

그런데 그렇게 경찰에게 이끌려 1층으로 내려오던 그때, 그들은 얼굴이 사색이 되었다.

바깥에 가득한 사람들. 그들은 다름 아닌 기자들이었다.

"지금 정당의 주요 인사들이 집단 성추행에 연관되었다는 게 사실입니까?"

"진짜로 성추행하신 게 사실인가요?"

"지금 각 시당에서 주요 인사들이 성추행으로 체포당하고 있다는데, 그에 대해 하실 말씀이 있나요?"

기자들의 말에 남자들은 입을 쩍 벌릴 수밖에 없었다.

⚖️

"아니, 이게 도대체 무슨 일이야?"

"무슨 일이긴요. 성추행으로 고발 넣은 거지."

김성식은 뉴스를 보면서 기가 막혔다.

국민정화당 남성 당직자들 중 30% 이상이 성추행으로 체포당한 것이다.

"내가 이해가 안 가서 그러는데 말이지. 나 좀 이해시켜 주겠나?"

노형진은 고개를 끄덕거렸다.

"다행히 안당 마님이 복수의 칼날을 제대로 갈고 계셨더라고요."

자신을 건드린 국민정화당. 그들을 죽여 버리겠다고, 관련
자들 중에서 술집에 왔던 놈들을 모조리 골라낸 것이다.

"하지만 진짜로 죽일 수는 없지 않습니까? 그러니 사람이
아니라 정당을 죽여야지요."

"그러니까 이해가 안 가는 걸세. 아니, 저들이 가게에 갔
다고 해서 왜 성추행이 성립되나?"

노형진은 서류를 정리하면서 말을 계속 이어 갔다.

"저들이 간 곳은 유흥 주점이죠."

"그렇지."

"그리고 유흥 주점은 여성 직원을 접대부로 고용하는 업종
이고요."

"그렇지."

"성매매는 불법이지만 같이 술을 먹는 건 합법이죠."

"그렇지."

노형진의 말에 김성식은 고개를 끄덕거렸다.

"하지만 어느 법에도 만지는 게 합법이라는 이야기는 없습
니다."

"어?"

생각지 못한 말이었다.

법을 만든 국회의원들이 미치지 않고서야 당연히 그런 조
항을 넣을 리 없다.

"엄밀하게 말하면 여성 근무자를 고용해서 접대하는 유흥업소의 한계는 딱 술을 따르는 정도입니다. 뭐, 기생문화원 같은 수준이죠. 원래 기생이라는 게 기예를 파는 예능인으로서 성적인 대상인 부분은 별로 없었잖아요. 지금이야 이미지가 망가졌지만요."

"그…… 그런가?"

"네. 하지만 대부분의 남자들은 술집에 가서 슬쩍 여자 손도 잡고 어깨에 손도 올리고 허벅지에 손도 올리고 하죠."

그게 유흥 주점이 퇴폐 술집이라는 이미지를 만든 가장 큰 이유다.

성매매가 없더라도 이성과의 접촉이 있다는 것.

"그런데 말입니다, 법적으로 그건 성추행에 들어갑니다."

"그게 성추행이라고?"

"네. 위계에 의한 성추행이죠."

"그게…… 그렇게 되겠네. 맞아. 워낙 흔한 일이라 생각도 못 하고 있었어."

사회 전반에서 흔하게 벌어지는 일이지만, 여성 직원이 고용되어 응대를 해 준다고 해서 그들을 만져도 된다는 소리는 아니다.

다만 손님이라는 특성상, 대부분의 접대원들이 아무런 말도 못 할 뿐이다.

"하지만 그걸 성추행으로 못 거는 건 아니거든요."

아무래도 술집 입장에서는 계속 손님을 잡아야 하니 그걸 걸고넘어질 수가 없다.

"하지만 저치들은 아니죠."

성추행을 했고 이제는 적대 관계이며, 지금 상황에서는 술집들이 저치들을 거절해야 할 판국이다.

"그러니 가뿐하게 성추행으로 고발한 겁니다."

"그게 된다고?"

"안 되는 법이 어디 있습니까? 그 방송국 기자가 말하지 않았습니까, 여자의 눈물이 증거라고."

물론 그건 개소리다.

하지만 대한민국의 법은 성추행 관련 사건에 있어서 여자의 증언에 우선권을 준다.

그로 인해 무고의 경우가 많이 생기는 것도 사실이지만…….

"이 경우는 무고가 아니죠."

분명 저들이 여자를 만졌으니까.

술집이라고 방심한 것이다.

"보통이라면 전혀 꿈도 못 꿀 일인데."

"말씀드렸잖습니까, 제가 미쳐서 날뛰는 꼴을 보게 될 거라고."

노형진은 진짜로 미쳐서 날뛰는 중이었다.

술집에 갔던 대부분의 당직자들을 모조리 성추행으로 고발을 넣은 것이다.

주요 당직자들이라는 것 자체가 접대의 대상이니, 그들이 접대를 받을 때 삼겹살집에서 삼겹살을 구워 먹지는 않을 테니까.

"아마 국민정화당은 미치기 직전일 겁니다."

⚖️

"이게 무슨 창피야!"

"지금 창피가 문제가 아닙니다!"

국민정화당의 핵심은 자신들은 깨끗하다는 이미지였다.

진보는 상대적으로 깨끗하다는 이미지를 가지고 있는데, 국민정화당은 그중에서도 가장 좌측에 있었으니까.

하지만 그게 오늘로써 깨졌다.

"이게 말이나 돼!"

당직자의 최소 30%가 성범죄자란다.

세상에 이런 수치는 없다.

심지어 부패하기로 악명 높은 자유신민당도 이 정도의 수치는 안 나온다.

더군다나 국민정화당은 전형적인 여성운동형 정치단체다.

즉, 여성들의 가입과 활동이 활발했다는 것이다.

그런데 왜 이게 과거형이 되었느냐면, 지금 탈퇴를 하겠다는 여성들이 넘쳐 나기 때문이다.

사실 당연한 거다.

어떤 여자가 직원 중 30%가 성추행범인 곳에 남아 있고 싶겠는가?

"경찰에서는 뭐래! 어? 뭐래!"

"이건 빼도 박도 못하는 성추행이랍니다."

"아니, 술집이라며!"

"그게, 술집이라고 해도 성적 접촉을 허락하는 규정이 없기 때문에……."

안영희는 어이가 없었다.

남편의 성추행 사건을 감추기 위해 저지른 일이었다.

그리고 다음 선거를 위해 여성 표를 결집시킬 목적으로 한 일이기도 했다. 그런데 그 일이 이제 와서 국민정화당을 통째로 날려 버리고 있었다.

인터넷은 국민정화당이 아니라 국민성추행당. 국민강간당이라고 비꼬는 글들로 가득했다.

이런 상황이라면 나라가 뒤집어지지 않는 이상 다음 선거에서 단 1석도 건질 수 없을 것이다.

그리고 성추행당이라는 오명을 쓰고 의석도 없는 정당이 살아남을 수 있는 방법은 없었다.

⚖

"국민정화당에 남아 있는 사람이 그다지 많지 않네요."

"그럴 겁니다."

상위 당직자들은 파파라치의 고발에 의해 매일같이 날아오는 벌금과 소환장 목록에 압박감을 느끼고 당직을 그만뒀다.

중간 당직자들은 상당수가 성추행으로 끌려가 버렸고, 하위 당직자들이나 여성 당직자들은 성추행당이라는 이름에 질려서 나가 버렸다.

일반 당원들까지 탈출 러시가 이어진 덕분에, 남아 있는 당원의 수는 과거의 30% 정도.

정당으로서 수명이 다했다는 걸 증명하고 있었다.

"확실한 복수는 되는 것 같네요."

손예은 변호사의 말에 노형진은 코웃음을 쳤다.

"확실한 복수요? 복수는 아직 안 끝났습니다."

"하지만 더 이상 걸 만한 게 없을 텐데요. 이미 파파라치들이 들러붙어서 당직자들이 출근도 아예 안 하는 시점입니다만?"

"그걸 제가 노린 거죠."

"그걸 노린 거라고요?"

"네."

노형진은 차분하게 말했다.

"정당의 수명이 언제 끝난다고 생각하십니까?"

"글쎄요. 인기가 떨어지면?"

"아니요. 엄밀하게 말하면 정당의 수명은 그 정당에 속한 국회의원이 단 한 명도 없을 때 끝납니다."

정당이라는 것. 그건 국회의원이 한 명이라도 있어야 그 존재 가치가 있다.

대한민국에서 정당을 만드는 것은 어렵지 않은 일이지만 국회의원이 단 한 명도 없는 정당이라는 것은 바깥에서 떠드는 정치 동아리나 하등 다를 바 없는 집단이다.

"저는 진보라는 가면을 쓴 채 인권을 무시하고 사람 잡아먹는 놈들을 그냥 둘 생각이 없습니다."

"하지만 우리한테 정당 해산권이 있는 것도 아니잖아요."

"그건 아니죠. 그러나 우리에게는 선거법이라는 좋은 제도가 있지요."

"당선무효형 말씀이신가요?"

당선무효형.

선거에서 당선된 정치인이 선거법 위반으로 인해 벌금 100만 원 이상을 받으면 무조건 당선무효가 된다.

당연히 국회의원으로서의 모든 게 날아간다.

"하지만 우리가 아무런 증거도 없이 고발한다고 해서 당선무효가 되는 건 아니지 않나요?"

"물론 그렇지요. 하지만 법에서 제대로 정한 돈만으로 선거를 치르는 사람, 저는 못 봤습니다."

애초에 그건 불가능하다.

누구든 결국 알음알음 그 비용을 오버해서 쓸 수밖에 없다.

"그리고 대부분 그 증거만 있다면 당선무효형을 받게 하는 건 어렵지 않지요."

"하지만 그 증거가 없잖아요?"

"이제는 나올 겁니다. 침몰하는 배라는 건, 누구도 혼자 타고 있기 싫은 거거든요. 하물며 그 배가 자신이 상상하던 것보다 더 지옥이라면 말이죠, 후후후."

남궁철수는 지금 상황이 너무나 힘들었다.

자신의 사상을 가지고 진보로 나라를 발전시킨다는 생각으로 힘들게 들어온 국민정화당이었다.

당직이라는 게 바쁘고 힘들지만 돈 자체는 박봉일 수밖에 없었다.

그래도 진보에 한손 거든다고 생각해서 웃으며 일했다.

나라를 발전시킨다고 생각했으니까.

하지만 이제 그에게 남은 건 아무것도 없었다.

"씨발…… 나보고 어쩌라고."

국민강간당, 국민성추행당, 성범죄은폐전문당, 현상금당.

전부 지금 국민정화당에 붙어 있는 별명이었다.

그가 품고 있던 자부심은 철저하게 깨졌고 환상 역시 깨졌다.

하지만 자신이 믿던 곳이 아니라는 생각만으로도 힘들어

죽을 것 같은 남궁철수를 더욱 힘들게 하는 것은 그를 바라보는 여자 동료들의 시선이었다.

사람이라는 건 한번 색안경을 끼게 되면 계속 끼고 보게 된다.

중간 당직자들이 모조리 성추행으로 처벌받자, 여자 근무자들은 남은 남자 당직자들을 너희도 성추행범이 아니냐는 시선으로 바라보았다.

그런 환경에서 일하는데 자괴감이 안 느껴질 리 없다.

심지어 그걸 적당하게 통제해 줘야 하는 주요 당직자들도 아예 자리를 비우거나 경찰서에 간 상황.

"어쩌라는 거야."

그는 그렇게 말하면서 머리를 부여잡았다.

그러던 중 어젯밤 그에게 날아온 전단지가 문득 떠올랐다.

100억 중 남은 금액 77억. 국회의원선거법을 위반한 증거를 가지고 오시면 무조건 한 의원당 4분의 1의 돈을 드립니다. 선착순.

명백하게 그를 겨냥한 문구다.

문제는 그 전단지를 그가 아닌 다른 누군가도 받았는지 알 수가 없다는 거다.

누군가가 먼저 증거를 가져다주면 77억은 그 사람의 것이 될 테니까.

'젠장.'

전이라면 말도 안 되는 개소리라고 생각했을 것이다.

어떻게 신념을 버리느냐며 말이다.

하지만 이제 그에게는 남은 게 없었다.

신념은 헌신짝처럼 이용당해서 버려졌다.

'열정 페이'로 부려 먹혔고, 여기에 더 있어 봐야 구역질 난다는 시선이나 받을 뿐이다.

"나는 어떻게 해야…… 어?"

고민을 하다가 문득 고개를 들었을 때, 그는 당황했다.

사무실 안에 단 한 명도 없었다.

그 사실을 깨달은 그는 입술을 깨물었다.

'없어.'

머리를 싸매고 고민하는 사이에 어느덧 점심시간이 된 것이다. 그리고 남아 있는 여직원들은 딱 그만 빼놓고 점심을 먹으러 갔다.

지금 그의 현실처럼, 그는 홀로 버려진 것이다.

"아무도 없다고?"

하지만 그 순간, 그에게는 그게 마치 하늘의 계시처럼 느껴졌다.

그의 시선이 당 대표의 사무실로 향했다.

평소라면 절대 못 들어갈 공간.

설사 들어간다고 해도 누군가는 있을 공간.

그런데 지금은 그곳에 자유로이 들어갈 수 있고, 최소한 한 시간은 혼자서 그곳을 뒤질 수 있다.

그를 막을 주요 당직자도, 동료도 없었다.

그리고 남은 돈은 77억.

그는 벌떡 일어났다.

그리고 미친 듯이 캐비닛을 뒤지기 시작했다.

⚖️

"약속은 지켰네요."

정확하게 100억. 단 한 푼도 남기지 않고 다 썼다.

그리고 국민정화당은 흔적도 없이 사라졌다.

안 그래도 밉보인 상황이었다.

그런데 국회의원들이 선거법을 위반했다는 증거가 나왔고, 그들은 하나같이 당선무효형을 받았다.

항소를 한다고 난리를 피우고 있었지만 판결을 뒤집는 건 사실상 불가능했다.

"이제 정당으로서 국민정화당은 사라졌습니다."

국회 보조금이 없으니 당도 유지 못 할 테고 성추행당에 당비를 납부하는 사람도 없을 것이다.

정당으로서 그 생명은 다했다고 봐야 한다.

"나름 마음에 드는 복수이기는 하지만 말이야."

안당은 곰방대를 재떨이에 떨었다.

"떠난 사람에게는 미안할 뿐이군."

"남은 사람들에게 다시는 이런 일이 없게 해야지요."

"없겠지."

안당은 흡족한 듯 말했다.

"이번에 자네 덕분에 우리 예은이가 많이 배웠어. 나처럼 '속삭'은 못 할 애였거든. 하지만 합법적으로 다른 곳도 아니고 정당 하나를 날려 버렸네."

아무리 국회의원 네 명짜리 군소 정당이라고 하지만 그래도 정당이었다.

그런데 그런 곳을 노형진은 흔적도 없이 날려 먹었다.

그것도 아예 재기도 못 하게 말이다.

"주변에서도 전보다 내 눈치를 많이 보더군."

"그럴 겁니다. 세상에서 가장 무서운 게 미쳐 날뛰는 존재거든요."

지금까지 그냥 당하기만 하던 유흥업 종사자들이 진짜 미쳐서 날뛰니까 정당 하나가 사라졌다.

"사실 그 인간들이 사람을 너무 물렁하게 봤죠."

아래쪽에 있다는 것, 그건 잃을 것도 적다는 것이다.

"잃을 게 없는 사람이 얼마나 무서워지는지 그들은 몰랐던 거죠."

당장 개혁을 한다고 해도 매번 실패하고 혁명으로 넘어가는 것, 그게 바로 그 이유 때문이다.

개혁은 가진 자들이 알아서 권력을 내려놓고 세상을 바꿔야 한다.

하지만 보통 더 많이 가진 인간일수록 개혁을 원하지 않는다.

"그래서 개혁을 할수록 좋게 바뀌는 게 아니라 나쁘게 바뀌는 겁니다."

"그런가? 난 모르겠네."

안당 마님은 곰방대를 피우며 말했다.

"내가 아는 건 내 사람을 챙겨야 한다는 것뿐이야."

"이제는 누구도 안당 마님과 주변 사람들을 건드리지 못할 겁니다."

이제 누구도 그쪽을 우습게 보지 못할 것이다.

"깨끗한여성회인지 뭔지도 확실하게 사라졌고."

누구도 뭐라고 하지 못하던 깨끗한여성회였지만, 그들 때문에 정당이 날아가자 누구도 그들과 상대를 하려고 하지 않았다.

그쪽에서도 처음에는 기고만장했지만 국민정화당이 사라지는 것을 보고는 찍소리도 못 하고 입을 다물어 버렸다.

당장 정당 관계자들 중에 유흥 주점에 안 가는 사람들이 없는 데다, 선거 직전에 또는 선거 중에 폭탄을 터트려 버리면 그들의 목이 날아가는 건 일도 아니라는 것을 알게 되었으니까.

"아무리 작다고 하지만 정당 하나가 날아갔습니다. 그들 입장에서는 눈치를 보지 않을 수가 없을 겁니다."

노형진은 씩 웃었다.

그들이 이쪽을 없애려 했기에 자신 역시 그들을 없앤 것이다.

공자는 이런 말을 했다.

'복수를 하고자 한다면 먼저 무덤 두 개를 파라. 하나는 원수의 무덤, 하나는 자신의 무덤으로.'라는.

"세계에서 가장 오래된 법전이 뭔지 아십니까? 함무라비 법전입니다. 그리고 그 기본은, 받은 그대로 돌려주는 거죠. 눈에는 눈, 이에는 이."

사실 사람들은 함무라비법전이 잔혹하다고 생각한다.

'눈에는 눈, 이에는 이'라는 단순한 규칙을 따르니까.

하지만 그건 인간의 본질을 몰라서 하는 말이다.

인간의 본질은 복수를 할 때 자기가 당한 이상을 원한다.

상대방이 자신의 손을 잘랐다면, 상대방의 일가족을 몰살시키려 드는 게 인간이다.

그래서 현대에 와서 잔인하다고 생각하는 함무라비법전은, 실상 그 시대의 과도한 복수를 막기 위한 인본주의적 입장에서 만들어진 법전이었다.

"그것보다는."

안당은 다시금 씩하고 웃었다.

"한번 미쳐서 날뛰는 것도 재미있네."

"그렇지요, 후후후."

노형진도 조금은 맘 편하게 웃을 수 있었다.

스타에게는 시기가 따른다

  스타 검사.

  노형진과 새론의 계획 중 하나다.

  자신들과 손잡은 검사들을 도와주고 그들을 스타로 만들어 주는 대신에 검찰 내부에 권한을 더욱 확보하는 계획.

  당연하지만 그 계획을, 검찰 내부에서는 무척이나 싫어했다.

  "당연하지. 자기네 파벌이 아닌 다른 파벌이 생기는 거니까."

  송정한은 지겹다는 듯 말했다.

  뜨내기 파벌도 아니고 아주 강력한 파벌이 생기다 보니 그들은 위협으로 받아들일 수밖에 없을 것이다.

  "멍청한 거죠. 세상이 바뀌는데 나만 안 바뀌겠다고 버티니까 그런 꼴이 나는 것 아닙니까?"

사법시험은 장기적으로 사라진다.

당연하게도 지금은 사법연수원 출신이 판사와 검사를 모조리 점령하고 있지만 사법시험이 사라지면 결국 모두 변호사 시험 통과자인 로스쿨 출신들이 차지할 수밖에 없다.

"그런데 아직도 정신 못 차리고 자기들이 사법연수원 출신이라고 목에 힘주고 있으니."

사법연수원과 변호사 시험이 공존하는 시기.

사법연수원 출신들은 로스쿨 출신들을 개무시했다.

판사와 검사 출신뿐만이 아니다.

대형 로펌들조차도 그런 사람들을 개무시했다.

오죽하면 로스쿨을 졸업하고 변호사 시험에 합격한 사람이 취업을 못 해서 공무원 시험을 다시 보는 일까지 벌어졌을 정도다.

"하지만 이제는 아니죠."

시간이 흐르고, 로스쿨 출신의 판검사들이 발령받기 시작했다.

기존 세력은 당연히 그들을 무시했고, 그들은 손을 내밀어 준 유일한 집단, 그러니까 새론과 손을 잡았다.

애초에 로스쿨 출신들을 미리 훈련시켜 주는 곳은 새론밖에 없었고, 그렇다 보니 판검사가 된 대부분의 사람들은 새론과 관계가 있을 수밖에 없었다.

"그리고 우리가 스타 검사를 만들기 시작하면서 본격적으로 싸움이 붙었는데 말이지."

송정한은 걱정스러운 듯 말했다.

"다 좋은데 홍보석 검사가 문제야. 자네 기억하나?"

"기억하죠."

홍보석.

흔하지 않은 여자 검사로, 새론의 지원을 받아서 로스쿨을 나왔고 새론에서 훈련받아서 뛰어난 실력을 갖춘 속칭 새론의 장학생들 중 한 명.

로스쿨에 다니던 당시 새론에 와서 일을 배우던 그녀를, 노형진은 아직도 기억한다.

"그리고 그 실력이 절대 호락호락하지 않았던 것도 기억합니다."

흔하지 않은 여자 검사임에도 불구하고 그녀는 정의감이 투철했고 또 격투기에도 능했다.

검사로 타고난 타입이라고 해야 하나?

검찰 쪽에서도 그녀의 투철한 정의감에 관심을 보였고 그녀 스스로도 원해서 검사가 되었다.

"그리고 검사가 되고 나서 쌓은 실적도 많지."

"압니다. 스타 검사 계획의 핵심 인물 중 한 명 아닙니까?"

다른 사람들이 검사로 발령받아 좌우충돌하면서 배워야 할 걸 이미 다 배워서 간 홍보석이다 보니, 초반에 압도적인 실적을 보여 줬다.

거기에다 외모도 그 이름 그대로 보석처럼 빛나는 사람이었다.

농담이 아니라 그녀의 외모와 탄탄한 몸매를 본 사람은 너는 검사가 아니라 아이돌을 했어야 했다고 이야기하기도 했고, 실제로 엔터테인먼트에서 멋모르고 그녀에게 다가가서 명함을 주기도 했다.

"결국 외모라는 것도 스타 검사의 핵심이니까요."

남자답고 정의로우면서 물불 안 가리는 이미지의 오광훈 검사.

그리고 여자로서 엄청난 실적을 가지고 있으며 뛰어난 외모까지 겸비한 홍보석 검사.

이들은 스타 검사 중 남녀 대표 검사들이었다.

물론 오광훈은 그냥 무식하게 날뛰는 거지만, 사람들은 잘 모른다.

"그런데 왜 갑자기 홍보석 검사에 대한 이야기를 하십니까?"

엄밀하게 말하면 송정한은 그런 이야기를 할 이유가 없다.

왜냐하면 송정한은 겸직금지 조항 때문에 새론을 그만둔 상태니까.

물론 알음알음 도와주는 거야 문제가 안 되지만, 스타 검사 계획은 검찰 내부로 파고들어 가는 계획이기 때문에 국회의원인 그가 꺼내기에는 조금 부담스러운 화제다.

합법과 불법의 아슬아슬한 경계랄까?

"아무래도 정치권에 있으면 여러 가지 소식을 듣기 마련이지. 이번에 홍 검사가 좀 위험한 게임을 한다는 것 같더군."

"홍 검사가요?"

"그래. 두한을 건드리고 있는 것 같아."

조용히 있던 김성식이 눈을 팍 찡그렸다.

"확실한 겁니까?"

"그래. 알잖나? 그녀는 정의감이 투철하지."

"그건 그렇지요."

"그런데 얼마 전에 사건 하나를 물었는데, 두한과 연관된 것 같아."

그리고 당연하게 두한은 그 사건을 덮으려고 했다.

하지만 홍보석이 압력을 가뿐하게 씹어 버리면서 수사를 진행하자 그런 그녀를 막기 위해 정치권까지 동원했던 것.

"그러다가 송 의원님한테 정보가 흘러간 거군요."

"그래."

송정한은 김성식을 바라보면서 걱정스럽게 말했다.

그런 송정한의 말에 노형진의 얼굴에 그늘이 졌다.

"그건 너무 위험한데요."

두한은 치밀하다 못해서 음험한 놈들이다.

물론 검사가 정의감을 가지고 있는 게 나쁜 건 아니다. 아니, 도리어 무척이나 중요한 일이다.

문제는 홍보석이라는 존재였다.

“기존의 두한의 행동을 보면 뭘 해도 이상하지 않단 말이지.”

한번 노형진을 죽이려고 했던 놈들이었다.

외부에서 킬러까지 고용해서 죽이려고 했던 놈들이, 상대방이 여자라고 봐줄 리 없다.

그리고 그때는 노형진 스스로가 힘을 가지고 있었기에 충분히 막을 수 있었다.

하지만 홍보석은 그렇지 않다.

스타 검사이긴 하나 실질적인 파워는 없다.

“그녀가 일하는 걸 막으려고 오신 건 아닐 테고.”

“예끼, 이 사람아! 내가 아무리 정치인이 되었다고 해도 그런 놈은 아닐세.”

송정한이 우려하는 건 홍보석이 두한에 당하는 것이었다.

좋게 끝나도 좌천이나 옷을 벗는 것일 테고, 스타 검사 라인에서 빠지게 될 것이다.

최악의 경우에는 살해되거나 실종이라는 형태로 끝날 테고.

“음……”

노형진은 걱정스러운 얼굴이 되었다.

“아무래도 경험이 부족할 텐데.”

아무리 새론에서 배운 게 있다고 해도 그건 기본 중의 기본일 뿐이다.

두한같이 늙은 뱀 같은 놈들을 상대할 때는 정의감과 혈기만으로는 안 된다.

더군다나 이쪽은 계란, 저쪽은 바위다.

"물론 내가 가서 홍보석에게 이야기를 해 줄 수도 있겠지. 하지만 알지 않나? 내 정치인이라는 직업이 영 켕긴단 말이지."

아무리 자신을 키워 줬다고는 하지만 이제는 정치인이 된 사람이 와서 말하는 것이 과연 우려하는 것으로 느껴질지 아니면 정치적 압력으로 느껴질지는, 받아들이는 사람의 생각에 따라 달라진다.

설사 우려로 받아들여 준다고 해도 나중에 누군가 송정한을 공격할 때 그걸 정치적 압력으로 바꿔 버릴 수도 있는 일이다.

"그리고 우려를 표명한다고 해도 홍보석 성격에 멈출 것 같지는 않고."

"그건 그렇겠지요."

그럴 사람이었으면 이미 벌써 멈췄어야 한다.

"아무래도 우리 새론에서 보호를 해야 할 것 같은데 말이지."

상황이 상황인 만큼 그녀를 보호할 수 있는 것은 새론뿐이다.

검사동일체의원칙 어쩌고 하지만 결국 검찰은 자기 입맛에 맞는 사람만 보호를 한다.

하물며 두한과 척지는 사람이라면 보호할 리 없다.

"두한이라……."

두한과의 악연은 영 쉽게 끊어질 것 같지가 않았다.

하긴 그들이 한국에 뿌려 둔 씨앗이 얼마나 많은데 그 악연이 쉽게 끝나겠는가?

"가능하면 그녀를 보호하면서 이번 사건을 해결하는 게 좋다고 생각하네."

송정한은 걱정스러운 표정으로 말했다.

"무슨 사건인지는 모르십니까?"

"나도 잘 모르네. 하지만 간단한 사건은 아닐 거야. 그룹 차원에서 덮으려고 하는 거니까."

"하긴 그렇겠네요."

더군다나 송정한도 모를 정도로 비밀을 지킨다는 것, 그건 그만큼 보안에도 신경을 쓰고 있다는 소리다.

"그러면 홍보석도 보안에 신경을 쓰고 있겠네요."

"그러겠지."

노형진은 턱을 문질렀다.

의뢰를 받고 움직이는 것이 변호사라고 하지만, 그렇다고 해도 자신과 자신의 사람을 공격하는 것은 전혀 다른 문제다.

"어떻게 생각하십니까, 김 대표님?"

"내가 봐도 이번에는 홍 검사와 이야기해 봐야겠군."

아무리 스타 검사로서 새론과 손잡은 홍보석이라고 하지만 그렇다고 해서 모든 정보를 다 넘겨주는 것은 아니다.

협력과 종속은 전혀 다르니까.

지금 상황을 홍보석이 모른다면 그녀는 새론의 도움 없이 계속 수사를 이어 갈 것이다.

"제가 한번 이야기해 보죠."

노형진은 차분하게 말했다.

"두한의 문제라면 제가 빠질 수 없으니까요."

⚖️

"두한요? 전혀 모르겠는데요."

모르는 척 말하는 홍보석.

노형진은 그런 그녀를 보면서 입맛을 다셨다.

'뭔지 모르지만 비밀로 감추고 싶은 사건인가 보군.'

이미 송정한까지 알고 경고하는 판국인데 모른 척한다는 것
은, 아직 그녀가 상황을 정확하게 판단하지 못했다는 의미다.

하긴 아직 경험이 부족한 그녀가 위에서 벌어지는 모든 것
을 다 아는 것은 무리일 것이다.

"두한은……."

노형진은 그 사건에 대해 묻지 않았다.

다만 그 대상이 누군지 명확하게 알려 줄 뿐이었다.

"저를 죽이기 위해 킬러를 보낸 적이 있습니다."

홍보석은 움찔했다.

노형진은 말하라고 이야기하지 않았다.

다만 진실만을 그녀에게 전달했다.

"그것도 해외의 전문 킬러를 고용해서요."

"그걸 왜 저에게……."

"저는 마이스터의 한국 대변인이라서 살았지요. 다른 사람이라면 아마도 죽었을 겁니다."

"……."

다른 사람이라면 죽었을 거라는 말.

그 말이 홍보석에게는 어마어마한 압력으로 다가왔다.

"저는 죽을 거라 생각하시나요?"

"그러고도 남을 놈들입니다. 캐 보셔서 아시겠지만요."

음험하고, 뒤에서 조용히 작전을 짜며, 필요하면 암살도 서슴없이 저지르는 놈들이 그들이다.

"검찰이라는 방패는 보호에 그다지 도움이 안 됩니다. 오광훈 검사의 경우를 보시면 아시겠지만요."

홍보석은 입술을 깨물었다.

죽으라고 보낸 미국, 그곳에서 살아서 돌아온 오광훈은 검찰 내부에서 제법 유명했다.

한국 검사가 미국 훈장까지 받은 일이 얼마나 되겠는가?

"무슨 일인지 모르겠습니다만 혼자 이길 수 있다고 생각하지 마셨으면 합니다. 그 사건이 어떤 건지도 모르지만요."

물론 어지간한 사건이 아니라면 암살까지는 가지 않겠지만…….

'상황을 봐서는 어지간한 사건이 아닐 수가 없겠지.'

노형진은 거기까지 말하고 더 이상 말하지 않았다.

그저 조용히 홍보석을 바라볼 뿐이었다.

홍보석은 잠깐 고민하는 듯하더니 결국 긴 한숨을 내쉬며 입을 열었다.

"사실은 사건 하나가 들어왔는데, 처음에는 별거 아니었어요."

꼬리에 꼬리를 문다는 말이 있다.

대부분의 범죄는 작은 허점부터 발견된다.

특히나 치밀하고 비밀리에 움직이는 범죄일수록 더더욱 그런 성향이 있다.

치밀하게 움직이다 보니 정작 작은 걸 놓쳐 버리는 거다.

"어떤 사건이었는데요?"

"음주 폭행요."

"음주 폭행?"

"네."

두한의 상무가 술을 먹고 폭력을 행사했다.

사실 상무 한 명이 폭력을 행사하는 건 생각보다 흔한 일이고, 또 그런 경우 개인이 폭력을 행사한 것까지 회사 차원에서 나서서 막으려고 들지는 않는다.

"그런데 거기서 폭행을 하기 전에 한 말이 문제였어요."

폭행이 벌어진 장소는 다름 아닌 술집이었다.

그가 술에 취해서 이런저런 헛소리를 했는데, 그 와중에 주식회사 리셀이라는 회사에 대해 이야기가 나왔던 것.

"리셀요? 처음 들어 보는데요?"

"총자산이 대략 1천억쯤 되는 중견 회사였어요."

"아주 큰 규모는 아니지만 또 아주 작은 규모도 아니네요."

"네. 사실 평소라면 그다지 관심을 가질 만한 회사는 아니었죠."

홍보석은 고개를 흔들었다.

"그런데 그 폭행이 시작된 상황이 참 웃기거든요."

상무라는 인간이 술에 취해서 리셀에 작업이 어쩌고 그걸 가지고 번 돈이 어쩌고 하는 식으로 헤롱거렸단다.

종업원은 다른 사람도 아니고 두한의 상무가 술에 취해서 주정을 하니 어쩔 수 없이 대응을 해 주면서 공치사를 했는데…….

"갑자기 리셀이라는 이름을 어디서 들었냐면서 다짜고짜 폭행을 했다는 거예요."

"얼씨구?"

자기가 이야기를 하고도 그 리셀이라는 회사에 대해 어디서 들었냐고 두들겨 팬 걸 보니 상당히 술에 취했던 모양이다.

"저도 처음에는 단순 폭행으로 넘어가려고 했죠. 그런데 조사를 하다 보니 그 리셀이라는 회사가 몰락한 과정이 웃기더라고요."

"웃긴다?"

"네. 전형적인 주식 사기라고 해야 하나요? 적대적 인수 합병이라고 해야 하나요?"

외부의 세력이 그 주식회사를 잡아먹었다.

그냥 샀다는 게 아니다.

외부 세력이 그곳의 운영권을 빼앗은 다음, 그곳의 재산 중 현금화할 수 있는 부분을 모조리 빼앗고 심지어 당장 현금화할 수 없는 부분은 담보로 잡아서 대출까지 한 뒤 그대로 회사를 파산 처리.

"그거 전형적인 사기인데요?"

주식시장에서 흔하게 벌어지는 사기다.

더군다나 리셀이라는 회사가 기존에 탄탄한 회사였다면 더더욱 많은 대출을 할 수 있었을 테니 그 피해는 어마어마 해진다.

"그로 인해 망하면서 발생한 리셀의 피해액은 대략 3천억 정도예요."

"흠."

"그로 인해 리셀과 거래하던 회사 세 곳이 부도가 났고, 그곳에서 일하던 이백열 명의 직원은 밀린 월급과 퇴직금도 받지 못하고 쫓겨났죠."

"설마?"

노형진은 눈을 찌푸렸다.

아무리 리셀이 나름 안정적인 곳이었다고 해도, 다른 곳도 아닌 두한의 상무가 꺼낼 이야기가 아니다.

거기에다 작업이라니?

"설마 그 리셀 사건, 제대로 해결 안 되었습니까?"

"그저 외국계 자본이라고만 생각하고 있었죠."

"외국계 자본이라."

노형진의 입가에 피식하고 비웃음이 피어났다.

'하긴, 외국계 자본이겠지.'

소위 말하는 '검은 머리 외국인'. 한국계 자본이 외국계 자본인 것처럼 행동하면서 한국의 이익을 빨아먹는 행동.

"설마 그 상무가 말한 작업이라는 게……?"

"아마도요."

자금력이 되는 두한에서 잡아먹으려고 덤볐다면?

그 리셀이라는 회사가 아무리 탄탄하다고 해도 버틸 수가 없었을 것이다.

"두한은 음험하죠."

노형진은 두한에 대한 일반적인 평가를 다시 한번 떠올렸다.

음험하고, 조용히 뒤에서 일을 꾸미는 스타일.

그게 두한이다.

그리고 이번 일은…….

'딱 그런 스타일이네.'

충분한 돈만 있다면 그 돈을 외국계 자본으로 꾸미는 건 어려운 일이 아니다.

그리고 그 자본을 이용해서 사기를 쳐 기업 하나를 날리고 취한 돈을 세탁해서 다시 두한으로 가져간다.

당연하게도 그 돈의 최종 목적지는…….

"비자금이겠네요."

비자금.

기업에서 정치인에게 주는 돈은 어미어마하다.

대기업일수록, 규모가 클수록 비밀리에 운영해야 하는 돈도 많아진다.

"실제로도 돈이 어마어마하죠."

심지어 법적으로 수익의 일정 부분 내에는 법적으로 사용처를 묻지도 따지지도 않는 비중이 존재한다.

그 비중은 대략 3% 정도.

말이 좋아서 영업자금이라는 거지, 대놓고 뇌물로 주라고 벗어날 구멍을 만들어 준 거다.

법을 만드는 국회의원들이 그 뇌물 수수의 가장 큰 수혜자니까.

'문제는 그걸로 부족하다는 거지.'

상식적으로 대동이나 두한, 대룡 같은 거대한 기업들의 수익의 3%라면 어마어마하다.

그럼에도 불구하고 그 돈이 부족해서, 많은 기업들이 따로 뇌물을 빼낼 수 있는 방법을 만든다.

"이게 맞는다면 생각보다 큰 수익이 되겠네요."

무려 3천억. 뇌물로 주다 못해서 착복해도 될 정도의 돈이다.

"저도 그렇게 생각했어요."

"두한이 거품을 물 만하네요."

대한민국의 대기업이 꾸민, 3천억짜리 주식 사기.

그런데 그걸로 뇌물까지 줬다는 소리가 나오면 두한도 두한이지만 다칠 정치인들이나 정관계 인사들이 수백 단위는 나올 것이다.

"압력이 있다는 건 몰랐나요?"

"모를 리가 있나요."

홍보석은 어깨를 으쓱했다.

지금까지 소위 잘나가는 사람들이 전화하고, 심지어 자신의 상관까지 직접 찾아왔다.

"흠……."

노형진은 턱을 문질렀다.

'지금 상황이라면…….'

두한 입장에서는 어떻게 보면 일생일대의 위기다.

노형진으로 인해 겪었던 위기들은 수습이 가능했을지 모르지만 이건, 만약 사실이라면 두한은 수습하기도 벅찬 상황에 처하게 된다.

'물론 외국계 기업으로 포장했으니 두한 자체는 드러나지 않겠지만…….'

어찌 되었건 자신들이 처한 상황이 얼마나 위험한지 두한이 모를 리 없다.

'그런데 난 회귀 전에는 그런 기억이 없단 말이지.'

회귀 전의 두한은 언제나 잘나갔다.

단 한 번도 이런 위기가 있다는 소리를 듣지 못했다.

'내가 미국에 가 있을 때 터졌나? 아니야, 그럴 리가.'

회귀 전 역사대로라 해도 아직 노형진이 미국에 가려면 좀 더 시간이 있어야 한다.

그리고 홍보석은 성격상 그때까지 기다려 줄 사람이 아니다.

설사 노형진이 미국에 간 이후에 터진 일이라고 해도, 다른 곳도 아닌 두한이라면 미국도 들썩였어야 한다.

'이런 범죄를 저지르는 놈이 한 번만 저지르지는 않을 테니까.'

즉, 두한도 이번 일이 처음이 아닐 가능성이 크다는 소리이며, 이는 즉 아무리 못해도 조 단위 이상의 돈을 빼돌렸다는 의미이기도 했다.

그럼에도 불구하고 회귀 전에 조용했던 것은······.

'죽었다고 봐야겠군.'

자신 있는 표정을 하고 있는 홍보석.

아마도 그녀가 어떠한 방식으로든 죽거나 제거당했다고 봐야 한다.

쫓겨나는 게 먼저인지 죽는 게 먼저인지 알 수는 없지만 아마도 죽는다는 결말은 바뀌지 않았을 것이다.

홍보석의 성적을 봐서는 새론이 없었다고 해도 검사 임용은 그다지 어려운 일이 아니었을 테니까.

"무슨 고민을 하시나요?"

"두한의 공격을 어떻게 막을지 고민하고 있습니다."

"공격이라는 걸 무시하면 그만 아니에요?"

노형진은 피식 웃었다.

하긴 홍보석은 아직 초임 검사니까 공격이 어떤 식으로 들어올지 잘 모를 것이다.

"아직 공격은 시작도 안 했습니다. 사실 지금 상황을 보면 경고죠."

"경고요?"

"네."

노형진은 고개를 끄덕거렸다.

"아까도 말했지만 두한은 저를 죽이기 위해서 킬러도 고용했습니다."

홍보석은 자신도 모르게 침을 꿀꺽 삼켰다.

아까는 잘 몰랐는데, 지금 들어 보니 어쩐지 등골이 오싹했기 때문이다.

"물론 이 경우는 다짜고짜 그 정도까지 가지는 않을 겁니다."

"그러면요?"

"일단은 홍 검사님에 대한 압력 행사가 실패했으니 다음 방법을 쓰겠지요."

"다음 방법이 뭔데요?"

"해직요."

홍보석이 수사가 가능한 이유는 검사라는 직책 때문이다.

검사가 아니면 수사권이 없다.

심지어 경찰조차도 수사권이 없다.

사람들은 경찰이 수사를 한다고 생각하는데, 경찰은 수사는 할 수 있지만 '개시'할 수는 없다.

즉, 그녀가 검사가 아니라면 아무리 경찰이 달려들어도 수사할 수가 없다는 소리다.

"아마도 자르려고 할 겁니다. 저처럼요."

"네? 노 이사님은 검사 출신이 아니잖아요?"

"노 이사라고 불리니까 제 나이가 엄청나게 많은 것처럼 느껴지네요."

노형진은 피식 웃었다.

안 그래도 이사라는 직함이 나이 들어 보이는데 성까지 노씨니 진짜로 나이가 많아 보인다.

"그냥 노 변호사라고 부르세요. 그리고 여기가 아니라 군 · 검찰에서 잘렸죠."

"그게 가능해요?"

"네."

회귀 이후에 노형진은 군 검찰로 들어갔었다.

군대에 가는 대신이었다.

그런데 거기서 장군들의 예민한 부분을 건드리자 그걸 막기 위해 난데없이 온갖 포상이 떨어지더니 그대로 전역시켜 버렸다.

"제가 진짜로 잘해서 그랬다기보다는, 제가 수사를 하지 못하게 하려는 의도였죠."

목적이야 어찌 되었건 노형진은 그 당시에 손을 뗄 수밖에 없었다.

그 당시에는 힘도 없었기 때문에, 민간인이 된 상황에서 군대 문제에 접근할 수는 없었으니까.

"하지만 검찰은 다른 방법을 쓸 겁니다. 아마도 해직을 위해 뒷조사를 하고 온갖 죄를 다 뒤집어씌울 테지요."

"그런……."

홍보석의 얼굴이 굳었다.

설마 그렇게까지 할까 하는 얼굴이었다.

노형진은 피식 웃었다.

"검사가 되셨으니 잘 알아 두셔야 할 게 있습니다."

"그게 뭔데요?"

"검찰이라는 조직을 절대 믿어서는 안 된다는 거죠."

처음 보직을 받은 검사들은 보통 정의감에 넘친다.

하지만 그 정의감은 2년을 안 간다.

결국 그들은 선택해야 한다.

남아서 부패하든가, 아니면 더러운 조직을 떠나든가.

"우리가 왜 스타 검사를 만들려고 하는지 모르시죠?"

"검찰 내부에서 조직의 힘을 키우기 위해서라고 생각했어요."

"반은 맞습니다."

하지만 나머지 반은, 진짜 제대로 된 검사가 살아남을 수 있는 조직을 만들기 위해서다.

"지금 홍보석 검사가 이걸 증명해 내면 어떻게 될까요?"

노형진은 조용히 홍보석을 바라보았다.

그러나 홍보석은 대답하지 못했다.

그 이후에 벌어질 일은 생각하지 못했으니까.

"당연히 모든 게 묻힐 겁니다."

설사 홍보석이 모든 걸 증명한다고 해도 말이다.

언론은 한마디도 하지 않을 테고, 두한은 사건을 무마하기 위해서 기를 쓸 것이다.

그리고 기껏해야 꼬리로 상무 정도 자른 후에 사건은 없었던 것이 된다.

"하지만 스타 검사라면 어떨까요?"

국민들이 관심을 가지는 사람이라면, 그래서 그가 뭘 터트리든 국민들이 안다면…….

"묻을 수가 없겠군요."

"네."

그래서 노형진은 스타 검사를 만들려고 하는 거다.

"저도 그 대상인 건 알고 있었는데……. 그러고 보니 그러네요."

재능이 있고 스타 검사가 되고 싶다고 접근해 온 사람은 많다.

스타 검사만 된다면 미래는 확정적이니까.

당장 모 검사 출신 정치인은 드라마 주인공이 자신이라면서 언플 하기도 했다.

물론 드라마 작가는 그 사람이 누구인지도 몰랐다고 해서 문제였지만.

"하지만 이건 공개를 하기가 좀……."

"압니다."

엄밀하게 말하면 수사 중일 뿐 범죄가 확정되지 않은 상황에서 범죄행위나 의심 사항을 공개하는 것은 위법이다.

물론 검찰은 위법이든 아니든 전혀 신경 쓰지 않고 그런 걸 공개하면서 목에 힘주지만.

"하지만 내로남불이라는 말이 그냥 생긴 게 아니죠."

만일 홍보석이 이걸 공개한다면 그걸 빌미로 검찰은 징계를 하면서 그녀를 수사에서 배제시킬 것이다.

물론 국민들은 뭔 개소리냐고 할지 모르지만 그런 건 가뿐하게 씹어 버리면 그만이다.

뒤에 두한이 있는데 무서울 게 뭐가 있겠는가?

"일단 첫 번째로 할 건 그들의 공격을 방어하는 겁니다. 정확하게는, 해직시키려는 걸 막아야 하지요."

"하지만 어떻게요? 저는 이미 저들의 감시망에 들어갔을 텐데요."

"그럴 때 쓰라고 아군이 있는 겁니다."

노형진은 눈을 반짝였다.

지금까지는 스타 검사들이 한 번도 뭉친 적이 없다.

그럴 필요가 없었으니까.

"새론과 손잡은 검사들은 정치적 조직이라는 티를 내지 않았죠."

그럴 필요가 없었으니까.

그들이 뭉쳐서 압력을 가하는 것도 아니고, 그렇다고 그들이 무슨 결탁을 하는 것도 아니었다.

그저 유명한 검사가 되는 게 목적이었다.

"하지만 공통의 적이 있다면 그들도 뭉칠 수 있지요. 그리고 그 스타 검사들이 뭉친다면, 그때는 저들도 머리가 좀 아플 겁니다. 후후후."

⚖

스타 검사. 정확하게 말하면 스타 검사들이다.

권력에 붙어먹은 타락 검사와는 다르게, 새론과 함께 일하며 언플에 능하고 대중에 널리 알려진 사람들.

"그건 새로운 권력이라는 소리죠."

노형진은 비밀리에 스타 검사들을 모처로 불러들였다.

물론 검찰청의 정치 관련 검사들이나 다른 파벌 또는 공안 검사들이 감시하고 있으니 스타 검사들이 한데 모인 걸 모르지는 않을 것이다.

"하지만 왜 모인 건지는 모를 겁니다."

"저희도 모르는걸요."

어깨를 으쓱하는 검사.

그 역시 스타 검사 중 한 명이었다.

새론과 일하는 검사들은 총 스물두 명.

결코 많은 숫자는 아니다.

하지만 언론에서 널리 알려지고 지지를 받고 있는 그들의 특성상, 그들이 뭔가를 함께한다면 상당한 국민적 지원을 받을 게 뻔했다.

"사실은 누군가가 여러분들을 노리고 있습니다."

"뭐라고요?"

"그게 무슨 말입니까, 노 변호사님?"

검사들은 당황했다.

누군가가 자신들을 노린다니? 무슨 범죄자들에게라도 노려진단 말인가?

그건 말이 안 된다.

스타 검사들이 한꺼번에 연관된 사건은 단 한 번도 없었으니까.

"그렇다면……."

검사까지 올라온 사람들이 바보일 리 없다.

그리고 스타 검사가 되어 가면서 알게 모르게 그들에 대한 견제가 들어온 것은 사실이다.

그러니 누군가 노린다면, 그 누군가라는 존재에 대해 모를 리 없다.

"검찰이겠네요."

정확하게는 검찰 내부의 부패 세력.

그들에게는 스타 검사라는 존재 자체가 부담일 수밖에 없다.

"그렇습니다. 특히 홍보석 검사를 뒤따르는 놈들이 있습니다."

"으음……."

홍보석의 이름이 언급되자 다들 침음성을 흘렸다.

그녀가 홍일점은 아니지만 스타 검사 중에서 여성 검사로는 가장 영향력이 있는 사람이니까.

"그녀가 새로운 사건을 담당하고 있는데 거기서 그녀를 쫓아내기 위해 작전을 짠다는 소문이 있습니다. 그리고 그게 성공하면 그다음은, 아시겠지요?"

분명 스타 검사 모두에 대해 같은 방식의 일들이 이루어질 것이다.

그리고 그러한 스타 검사들에 대한 압력은 종국에 가서는 스타 검사라는 존재 자체를 부정하게 그리려고 할 테고, 결과적으로 스타 검사라는 계획 자체가 틀어질 수밖에 없다.

"그러니 우리는 이번 기회에 그들의 공격을 막아야 합니다."

물론 그 과정에서 당연히 홍보석 검사를 보호해야 한다.

"위험한 거 아닙니까?"

"검찰 일 중에 위험하지 않은 일이 어디 있습니까?"

노형진은 고개를 흔들었다.

사실 검찰이라는 게 안전한 직업은 아니다.

여차하면 목숨을 걸어야 하는 그런 직업이니까.

"하지만 기회죠."

"어째서요?"

"홍보석 검사가 이번에 잡은 사건은 엄청나게 대형 사건입니다."

노형진은 자신이 아는 정보를 차근차근 말했다.

지금 눈앞에 있는 이들에게 숨겨 가며 일을 맡기기에는 너무나 위험한 작전이니까.

상대방이 다른 곳도 아닌 두한이다.

"그런……."

두한이라는 말에 검사들은 신음을 흘렸다.

"그러고 보니 그런 경제사범들 사건이 몇 번 있지 않았나?"

"있는 정도가 아니지. 내가 아는 미결 사건만 해도, 못해도 열 개는 넘어."

여러 가지 이유로, 범인이 누군지 알 수 없다, 또는 범인이 해외로 도피했다 등의 이유로 수사 자체가 멈춘 사건이 한두 개가 아니다.

실제로 이런 사건은 워낙 사기 금액이 크다 보니 한탕 크게 하고 해외로 튀는 게 기본적인 코스였고 말이다.

"근데 생각해 보면 그 정도 돈을 이 사기에 투입한다는 것 자체가 그냥 넘어갈 일은 아니죠."

"으음……."

이런 사기는 기본적으로 최소 수십억, 최대 수백억까지 들어간다.

전에는 은행 대출을 이용해서 장난을 치는 방법도 있었지만 지금은 그 방법이 막힌 상태.

"그러면 자기 자금으로 해야 한다는 거네."

"그러고 보니 그 생각을 못 했네."

다들 얼굴에 어두운 그림자가 생겼다.

두한이라는 존재가 주는 압박감 때문이었다.

"하지만 이번 일은 기회라고 생각합니다."

"어째서요? 상대는 두한입니다. 홍보석 검사가 정의로운 사람이기는 하지만, 이 일은 너무 위험합니다."

"위험하기는 하지요, 홍보석 검사는. 하지만 그 때문에 우리에게는 기회라는 겁니다."

"이해가 안 갑니다만?"

다들 어리둥절한 표정이 되었다가 노형진이 한 말에 다시금 얼굴이 딱딱하게 굳었다.

"그들의 모든 시선은 홍보석 검사에게 향하고 있으니까요."

이번 사건을 조사하는 사람은 다름 아닌 홍보석 검사다.

어떻게 해서든 그녀를 막으려고 노력할 것이다.

"우리가 세력을 만들어서 그녀를 보호하자는 겁니까? 힘들 텐데요."

일단 인원이 얼마 되지 않는다는 것이 첫 번째 문제다.

스타 검사의 숫자는 얼마 되지 않는다.

애초에 숫자가 많으면 스타 검사로서 가치가 없다.

검사들 중에서 진짜 고르고 고른 사람만 되는 게 스타 검사다.

그리고 두 번째 문제는, 이들이 저항한다고 해도 상대방은 힘으로 찍어 누를 수 있을 만큼 강력하다는 점이다.

보호가 문제가 아니라, 스타 검사의 생존이 위험한 지경이다.

"보호하자는 게 아닙니다. 지금을 기회로 삼자는 거죠."

"기회로 삼자?"

"네, 모두가 홍보석 검사에게 매달리는 사이 우리가 다른 검사들을 치는 겁니다."

다들 얼굴이 창백해졌다. 다른 검사들을 치자니?

"그게 무슨 말입니까, 다른 검사들을 치다니?"

"말 그대로입니다. 현재 그들의 시선은 홍보석 검사에게 쏠려 있습니다. 분명 그들은 홍보석 검사를 해직시키기 위해 함정을 팔 겁니다."

그리고 그걸 이쪽에서 막으려고 하는 것은 의미가 없다.

막힐 리 없으니까.

다른 자들이 그걸 조작해서 들이미는 걸, 가서 항의한다고 해서 먹힐 리도 없고 말이다.

"하지만 그 조작 자체를 잡는다면 이야기가 달라지죠."

분명 누군가는 사건을 조작할 테고, 그 누군가는 현직 검사일 가능성이 크다.

"홍보석 검사를 미끼로 쓰자는 거군요."

"네. 그리고 홍보석 검사는 미끼 노릇을 허락했습니다."

홍보석 검사가 미끼가 되어 다른 검사들이 그녀를 잡으려고 덤비는 사이에, 이 자리에 있는 스타 검사들이 역으로 그들을 추적한다.

자신들이 표적이 된 걸 모르는 자들은 실수를 할 테고, 그러면 그 이후에 이쪽에서 역습이 가능해진다.

"감추는 게 아니라 도리어 역으로 추적한다!"

"이것도 사건의 해결 방식 중 하나죠. 만일 성공한다면 여러분들은 두한이라는 거대한 존재와 싸워서 이겼다는 타이틀을 얻게 됩니다."

스타 검사들에게 그것만큼 찬란한 트로피가 또 있을까?

"더군다나 지금 추측으로는, 두한이 이런 행동을 한 번만 했을 리 없다는 게 가장 큰 문제죠."

아무리 못해도 세 번 이상.

그리고 그 피해액은 최소 1조 이상이다.

아무리 대기업이 사회적으로 악으로 취급을 받는다고 해도, 지금까지 대기업이 대놓고 사기를 친 일이 발각된 적은 없다.

설사 있다고 하더라도 쉬쉬하며 넘어간다.

"하지만 이번은 아니죠."

발각되면 그걸 감출 수가 없다.

일단 이쪽은 언론과 국민들이 관심을 가지는 스타 검사들이다. 무슨 사건이 터지든 외부로 흘러갈 수밖에 없다.

"하기 싫으시면 빠지셔도 됩니다. 하지만 그게 무슨 의미인지는 아시겠지요?"

새론의 스타 검사 프로젝트에서 빠진다는 것.

그건 벌거숭이가 된 채 외부로 던져진다는 걸 의미한다.

부패한 검사들이 받아 줄 리도 없고, 그렇다고 새론과 다른 검사들이 보호해 줄 리도 없다. 결국 현실에서 배신자라는 존재는 누구의 믿음도 얻지 못하고 버려지는 박쥐 같은 신세니까.

"두한이라……."

다들 입술을 깨물며 고민했다.

물론 두한에 찍히면 인생이 편하지는 않을 것이다.

하지만 스타 검사라는 이름이 있으면, 그리고 새론이라는 이름이 있으면 어느 정도 실드는 가능하다.

"좋습니다. 전 하겠습니다."

누군가 입을 열었다.

"어차피 이렇게 죽나 저렇게 죽나 마찬가지 아닙니까?"

스타 검사는 대부분 승진을 위해 온 이들이 아니다.

도리어 승진을 원하면 스타 검사를 지원하지 않는다. 부담이 되기 때문이다.

스타 검사들의 목적은 대부분 생존을 위한 유명세다.

"어차피 싸울 거라면 이쪽에서 선빵 치고 들어가는 게 맞겠지요."

내부의 권력 다툼을 피할 수는 없을 테니까.

"나도 싸우도록 하지."

"저도 싸울게요."

"선택 사항이 없는 것 같은데요."

한 명 두 명 손을 들자 노형진은 싱긋 웃었다.

'제대로 내부에 자리 잡았군.'

물론 그 세력은 미미하지만, 이들이 움직이기 시작하면 언론에서도 마냥 무시할 수는 없을 것이다.

"하지만 노 변호사님 말씀대로 이번 상황 자체를 어떻게 해결할지가 관건이군요."

마냥 싸우자니 확실히 증거가 부족하다.

정황상의 증거는 있지만 두한이 관련 증거를 남겨 뒀을 리 없으니까.

"가장 먼저 해야 하는 건 역으로 기습하는 겁니다. 우리를 물어뜯으려고 하는 부패한 검찰들을 잡는 거죠."

그들을 잡음으로써 검찰 내부의 행동에 제약을 걸면 그들은 홍보석을 자르지 못하게 된다.

그러면 최소한 홍보석이 끝까지 수사는 할 수 있다.

"그리고 이런 작전이 성공하면 두한은 다른 부담을 느끼게 됩니다."

지금은 홍보석 하나만 막으면 되지만 그게 터지면 두한은 홍보석을 막는 것뿐 아니라 자기와 선을 대고 있는 검사들도 보호해야 한다. 대신 나서서 공격하다가 잡혔는데 두한이 보호해 주지 않으면 검사들이 입을 나불거릴 가능성도 존재하니까.

틀어막아야 하는 부분이 많아질수록 두한이 가지는 부담도 커질 수밖에 없다.

"그리고 그 라인은 뻔하죠."

홍보석이 있는 곳에서 그녀에게 압력을 행사할 수 있는 라인은 결국 직속상관들뿐이고, 스타 검사들은 그들보다는 많다.

"이걸 군사학적으로 보면 각개격파라고 하지요."

전반적으로 검찰 조직 자체가 적이기는 하지만 그렇다고 해도 결국 움직이는 것은 정해진 라인뿐이다.

그러니 그들만 막으면 이쪽은 자유로워진다.

"작전명 장작 패기입니다."

그리고 그들을 제압하는 순간 검찰 내부의 권력 싸움이 시작될 것이다.

홍보석은 주변을 슬쩍 둘러봤다.

자신을 바라보는 사람들.

그들의 눈빛은 확실히 과거와 달랐다.

'이미 넘어갔다고 봐야겠네.'

노형진이 해 준 말이 있다.

조심해야 하는 것은 검찰만이 아니라고.

검사들이 일을 할 때 혼자서 다 할 수는 없다.

그 아래의 검찰 수사관들이 대부분의 일을 다 한다.

아무리 검사가 일을 하려고 해도, 검찰 수사관들이 일을 하지 않으면 아무것도 못 한다.

그래서 검사들이 정의롭고 싶어도 못 버티는 것이다.

검사한테 압박이 안 통하면 담당 수사관들에게 압력을 넣어 버리면 그만이니까.

그리고 스타 검사들이 집중적으로 견제받는 가장 큰 이유 역시 그것이다.

다른 검사들은 검찰 수사관만 압박해 두면 아무것도 못 하지만 스타 검사들에게는 새론이 있다.

그들을 통해 정보를 모으기 시작하면 기존 수사관들을 대신할 수 있기 때문에 과거의 방식이 효과를 별로 못 보아서다.

"검사님, 퇴근 안 하십니까?"

"먼저 하세요. 할 게 많네요."

현재 시간은 오후 11시 30분.

아무리 야근이 많은 검찰청 업무라고 하지만 정상적인 근무시간은 아니다.

그런데 수사관들은 나가지 않고 버티고 있었다.

"여러분들 먼저 퇴근하세요."

"검사님이 퇴근을 안 하시는데 어떻게 저희가 퇴근합니까? 허허허."

웃으면서 말하는 수사관.

하지만 홍보석은 안다. 그들이 퇴근하지 않는 가장 큰 이유는 자신에 대한 감시 때문이라는 걸.

"그러면 같이 일하죠."

홍보석은 그들을 보면서 미소 지었다.

"안 그래도 지난번 사건 관련해서 피해자들을 만나 봐야 하거든요."

"피해자들요?"

"네, 사기 피해자들요. 주식회사였으니 졸지에 주식을 날린 사람들이 있잖아요. 그 사람들을 만나 봐야지요."

홍보석은 웃으면서 그들에게 일거리를 안겼다.

"당장 이분들이랑 연락 좀 해 주세요."

족히 수천 명은 넘어 보이는 명단을 보며 수사관들은 똥씹은 얼굴을 할 수밖에 없었다.

"피해자들을 안 만나냐고?"

"어. 보통 피해자들 먼저 만나는 데서 시작되는 거 아냐?"

"그건 그렇지. 하지만 이런 사건은 피해자들을 직접 만나 봐야 의미가 없거든."

"어째서?"

"피해는 직접적이지만 결과는 간접적이니까."

"난 이해가 안 가는데."

정말 이해가 가지 않는 듯 오광훈은 고개를 갸웃했다.

피해는 직접인데 결과가 간접이라는 게 도대체 뭔 소리란 말인가?

"결국 직접 피해자는 주주들이잖아. 하지만 상대방은 주식을 사서 경영권을 빼앗고 사기 친 거잖아?"

"그건 그렇지."

"그런데 말이지, 그 과정에서 누군가 그들을 만났겠어?"

"어? 아…… 그러네. 만날 일이 없구나."

주식거래는 모두 주식시장을 통해 이루어진다.

당연히 그들을 만나 봐야 가해자가 누구인지조차도 모른다.

"그건 임직원들도 마찬가지야."

전 사장이나 임원들을 만나 봐야, 그들 입장에서는 어느 날 갑자기 주식을 왕창 들고 나타난 사람이 경영권을 빼앗은 것이기 때문에 아는 게 아무것도 없을 것이다.

"결국 그런 사람들을 만나 봐야 사건을 수사하는 데 하등 도움이 안 되지. 두한 역시 그걸 알고 있고."

"그래서 홍보석한테 시킨 거야?"

"홍보석이 계속 움직여야 시선을 끄니까."

홍보석이 멈춰 있으면 그들은 시선을 다른 쪽으로 돌릴 게 뻔하다.

하지만 홍보석이 계속 움직이면 그들은 일단 홍보석을 감시할 것이다.

"그리고 홍보석의 수사관들도 그녀가 계속 움직일 거라 보고하겠지."

당연히 그런 그들을 감시하기 위해 검찰은 움직일 테고,

새론과 스타 검사들의 움직임은 그들의 시야 바깥으로 나가게 된다.

"주식시장은 대부분 이런 구조로 되어 있어."

누군지 모르는 사람들, 그들이 나타나서 경영권을 빼앗고 돈을 긁어낸 후 부도를 내고 해외로 튄다.

너무나 뻔한 과정.

"그리고 우리에게 중요한 건 사장이라는 존재지."

"어차피 그놈은 사기로 구속영장이 청구된 상태잖아?"

"맞아."

노형진은 고개를 끄덕거렸다.

분명 사기꾼으로 인정되었고 구속영장이 청구되었다.

하지만 어디에 가 있는지는 모르는 상황이고.

"그렇지만 말이지, 그가 원래 어디 소속인지는 아무도 신경 안 쓰지."

조수석에 있던 노형진은 뒷좌석에서 제법 두툼한 책을 꺼내 들었다.

"태어나면서부터 사기를 치겠다고 생각하는 사람은 없으니까."

아무리 사기꾼이라고 해도 결국 실명은 드러나야 한다.

그래야 주식거래를 할 수 있고, 기업의 명의를 넘기는 상황에서 존재하지도 않는 사람에게 주지는 않을 테니까.

"그러니 과거에서부터 시작할 수가 있지."

    노형진이 손에 넣은 것. 그건 다름 아닌 고등학교 졸업 앨범이었다.

    그 누구도 사기꾼 수사를 할 때 사기를 고등학생 때부터 시작할 거라고는 생각을 못 한다.

    당연히 그 시절에는 집중하지 않는다.

    "하지만 시간이라는 것은 그런 게 아니거든."

    과거가 미래를 만든다. 이건 그럴듯한 명언이 아니다.

    진짜 정부 차원에서 끼어들지 않는 이상에야, 한 사람의 일생이 갑자기 뚝딱하고 만들어지는 게 아니다.

    "그 사이에 두한과 어떤 연결 고리가 있는지 두고 보자고."

    노형진은 웃으며 말했다.

    그리고 그 앨범의 시작점, 그러니까 그가 다니던 고등학교로 향했다.

⚖️

    "허오중 말씀이십니까?"

    "네."

    허오중.

    사기의 주범. 현재는 사라진 남자.

    그에 대해 알아보러 갔을 때 선생님은 곤혹스러운 표정이 되었다.

"그분 나이가 벌써 60세 근처인데 그 당시 다니던 선생님들은 안 계시죠."

"선생님을 만나려고 하는 게 아닙니다. 그 당시 성적이나 친구들에 대해 알고 싶은 겁니다."

"어, 성적은 보여 드릴 수가 없구요⋯⋯."

젊은 선생은 머리를 긁적거렸다.

아무리 검찰이라지만 마음대로 자료를 열람할 수는 없다.

과거에 모 방송국에서도 마음대로 그랬다가 한 소리 듣기도 했으니까.

"어디 보자. 허오중 씨가 75년 졸업생이시네요."

그는 서류를 뒤적거리더니 전화번호 하나를 건넸다.

"여기 총동창회 연락처입니다. 75년에 졸업하신 분들 몇 분 계실 거예요."

여기까지는 무난했다.

애초에 1975년에 졸업한 사람을 학교에서 만나길 원한 것도 아니다.

다만 인터넷에 없는 총동창회를 찾고 싶었던 것뿐이다.

그 세대는 인터넷이 익숙한 세대가 아닌 만큼 오프라인으로만 연락처를 주고받을 테니까.

하지만 학교와는 연락될 테니 당연히 연락처가 남아 있을 것이다.

그리고 그렇게 찾아간 총동창회 사무실에서 다행히도 몇

사람을 소개시켜 줬다.

"허오중? 그 똘아이 새끼?"

그런데 노형진의 추적은 생각지 못한 방향으로 틀어지기 시작했다.

"그분과 두한과 무슨 관련이 있을까 해서요."

"누구? 허오중하고 두한?"

"네, 그분이 두한에서 일하셨다거나……."

"무슨 말도 안 되는 개소리야?"

다들 어이가 없다는 표정이 되자 노형진은 고개를 갸웃했다.

"두한이 그때는 없었나요? 있었던 걸로 기억하는데요."

노형진이 의심한 것은 혹시나 허오중이 두한에 입사함으로써 관련이 생기지 않았나 하는 것이었다.

"아니면 대학을 바로 갔나요?"

'그럴 수도 있겠네.'

두한에서 이런 건수를 담당하고 사기를 칠 정도면 분명 아주 믿을 만한 자리에 있어야 하고, 수년에 걸쳐서 그 충성심이 입증되어야 한다.

두한같이 치밀한 자들이 아무나 데려다가 사기를 칠 리는 없으니까.

하지만 노형진의 이런 추측은 사정없이 무너졌다.

"아니, 그때도 두한이 있기는 했지. 하지만 그 새끼가 거길 가? 허!"

"대학? 그놈이 대학을 갈 수 있었을 리 없지. 바닥 중에도 바닥이었는데."

"네? 바닥 중에서도 바닥이었다고요?"

"그래. 예순아홉 명 중에서 69등."

반에서도 꼴찌, 학교에서도 대부분 꼴찌.

찍기 결과에 따라서 약간의 차이는 있었지만, 어찌 되었건 일단 바닥에 깔고 들어가는 사람이었다는 것이다.

"네?"

그 당시는 학력고사 시대다.

지금처럼 대학이 많은 것도 아니었고, 심지어 고등학교도 못 나온 사람들이 넘쳐 나던 시대다.

의무교육이 아니었으니까.

"그놈은 진짜, 형님도 없었으면 고등학교는커녕 중학교나 나왔으려나?"

"형님요?"

"그놈 형님이 나이 차가 많이 나거든."

거기에다 동네에서 소문난 파락호였다.

그런데 그는 공부를 못 하고 그 꼴 난 게 억울했는지, 자기 동생은 어떻게 해서든 고등학교 공부는 시켰단다.

"물론 타고난 머리가 돌대가리라 졸업만 간신히 했지만."

학교에서 주먹질 좀 한다고 힘주고 다닌 허오중이었지만 자기 형님에게 비할 바 아니었고, 학교를 빠졌다는 말만 들려오면 형이 말 그대로 개 패듯이 패는 통에 어쩔 수 없이 출석만 했다는 것이다.

"그리고 그때도 두한은 대기업이었어."

당연하게도 두한에 입사할 능력은 되지 않았다.

"하지만 고졸이라고 해서 두한에 못 들어가라는 법은 없지 않습니까?"

두한에 대졸만 들어가는 시대가 아니었다.

정확하게는 고졸은 공장, 대졸은 서류직으로 가던 시대였다.

그러니 취업 자체는 할 수가 있었다.

"물론 근성이라도 있고 일이라도 할 생각이 있었으면 모르지."

하지만 핏줄은 어디 가는 게 아닌지라, 그도 자기 형님과 같은 파락호가 되어 버렸다.

취업은커녕 몇 번 사람을 때려서 뻔질나게 경찰서에 왔다 갔다 했다는 것.

"이거 생각하고 다른데?"

노형진은 당황했다.

자신은 그가 학교를 졸업하고 회사에 충성을 보여서 더러운 일을 전담하는 일을 하지 않았나 생각했다.

"멍청하니까 범죄자 쓰는 거 아냐? 바지 사장이라든가."

"어, 글쎄. 그럴 수도 있긴 한데, 이런 경우는 그러기가 힘들어."

옆에서 어리둥절한 표정이 되는 오광훈에게 노형진도 이

해가 안 간다는 듯 말했다.

"아무리 잘 설명한다고 해도 결국은 돈과 주식이 연관된 부분이거든."

이런 식의 사기는 화이트칼라 범죄라고 부른다.

화이트칼라 범죄는 보통 서류 작업을 하는 행정 노동자들이 저지르는 범죄를 지칭한다.

단순한 범죄가 아니라 어느 정도의 지식이 있어야 하는 범죄이기 때문이다.

"물론 시키는 대로 할 수도 있지. 하지만 시키는 대로 한 것치고는 너무 고난이도 범죄야."

당장 빼앗는 거야 어찌어찌할 수 있다고 해도, 그 이후가 문제다.

빼앗은 후에 그가 전면에 나서서 대출을 받아야 하고 투자를 이끌어야 하며 또 은행 업무까지 해야 한다.

"대출이야 압력으로 어떻게 할 수 있지 않아?"

"그건 무리야."

다른 거라면, 정상적인 인수이며 회사를 살릴 목적이라면 문제가 되지 않았을 것이다.

하지만 이번 경우는 그게 아니다.

"회사를 날려 먹고, 명백하게 금융 사기를 목적으로 움직였어."

그런 경우 대출을 해 준 사람이 그 책임을 지게 된다.

그런데 거기에다 대고 두한이 압력을 행사하면, 그는 당연히 일이 터진 후에 두한이 압력을 행사했다는 이야기를 하게 된다.

"그러니 대출하는 과정에서 압력이 들어가기는 힘들어. 그리고 대출이야 어찌 그렇게 한다고 해도, 투자는 어쩔 건데?"

단순히 대출뿐만 아니라 투자 설명회를 하고 투자금을 이끌어 냈다.

"당장 투자를 받기 위해서는 온갖 전문용어를 다 써 가면서 설명해야 해. 그러면서 회사의 비전도 이야기해야 하지."

투자하는 사람들이 바보도 아니고, 대표라고 나온 인간이 말도 제대로 하지 못하는데 투자를 해 줄 리 없다.

"말하는 건 훈련이 안 되나?"

"물론 가능은 하겠지만, 허오중에 관한 말을 들어 보면 그는 전혀 그런 스타일이 아니야."

아무리 연습을 시킨다고 해도 결국 티가 나지 않을 수가 없다.

"그런데 티가 안 났단 말이지."

여러모로 말이 안 된다.

노형진은 오광훈과 이야기하다가 결국 머리를 흔들었다.

일단 과거가 자신의 생각과 좀 다르기는 하지만, 그렇다고 해서 그냥 갈 수는 없는 노릇이다.

"혹시 허오중에 대해 잘 아는 분이나 최근에 연락했던 분들을 만날 수 있을까요?"

"글쎄, 나는 모르는데."

"아는 사람이 있을까? 그 녀석, 20년 넘게 동창회에 안 나와서."

어깨를 으쓱하는 사람들.

"그 녀석도 자존심이 있는 놈인데, 절뚝거리면서 나오고 싶겠어?"

"네?"

그렇게 노형진은 또 한 번 생각지도 못한 말을 들었다.

절뚝거리다니?

"그게 무슨 말씀이십니까? 절뚝거리다니?"

"다리를 절잖아."

"안 저는데요?"

그는 멀쩡하게 회사를 다니고 투자 설명회를 다녔다.

증언 어디에도 그가 다리를 절었다는 소리는 없었다.

"그럴 리 없는데? 그 녀석, 사고가 났거든."

"사고요? 무슨 사고요?"

"군대에서 병신이 되어서 왔어."

70~80년대 군대는 말 그대로 지옥이었다.

극심한 구타로 인해 사람이 죽어도 그냥 산에다가 묻어 버리고 탈영으로 처리해 버리기 일쑤였다.

"오른쪽 다리가 완전히 반대로 꺾였지."

"네에?"

그 정도면 현대 의학이 아무리 발전했다고 해도 치료 못한다.

하물며 사고 당시도 아니고 시간이 한참 지난 지금에 와서는, 그나마 보기 좋게 방향을 바꿀 수는 있을지언정 절뚝거리는 것 자체는 어쩔 수가 없다.

"그래서 인생 망친 후로 아예 안 나와."

남자들의 자존심. 자신의 못난 모습을 보여 주고 싶어 하는 사람은 없다.

사고 이후에 그는 친구들과의 관계를 완전히 끊고 은둔자의 삶을 살았다고 한다.

'뭐지? 무슨 기적이라도 만난 건가? 아니, 기적을 만난 놈이 사기를 치고 다닐 리 없지.'

순간 뭔가가 노형진의 머릿속을 스치고 지나갔다.

신분이 하늘에서 뚝 떨어질 리는 없다.

하지만 그 신분을 살 수 있다면?

"혹시 이 사람 아십니까?"

노형진은 사진을 꺼냈다.

사기 주범으로 알려진 허오중의 사진이었다.

노형진의 눈에는 앨범 속 사람과 아주 비슷해 보이기는 하지만…….

"이놈은 뭐야?"

"이 새끼는 누군데?"

"저희가 허오중이라고 알고 있는 사람입니다."

"비슷하게 생기기는 했는데."

"맞아. 확실히 비슷하기는 하네."

하지만 이내 고개를 흔들면서 사진을 건네주는 사람들.

"이 사람, 허오중 아닙니까?"

"그럴 리 없지."

"어째서요? 얼굴이 바뀌었을 수도 있지 않습니까?"

"그래도 성인이 될 때까지는 얼굴을 보고 살았어."

사람이 어려서 보다가 오랜 기간 헤어지면 몰라볼 수도 있다.

하지만 성인이 된 후에는 한참을 헤어져 있었다 해도 알아볼 수 있다.

성장하고 나면 얼굴이 더 이상 변하지 않기 때문이다.

"비슷하기는 한데, 허오중은 아니야."

"비슷한 정도라면, 나이 먹으면서 살이 찌거나 한 게 아닐까요?"

노형진의 말에 한 사람이 고개를 흔들었다.

"그 녀석, 군대에서 사고당했을 때 이마빡이 찍혔거든."

그러면서 이마를 가리키는 남자.

"근데 이놈은 깨끗하잖아."

노형진은 물끄러미 사진을 바라보았다.

다리도 절지 않고 이마에 흉터도 없는, 닮은 존재.

"누구냐, 넌."

옆에서 오광훈이 노형진의 심경을 대변하고 있었다.

"손을 댄 부분이 있네요."

노형진은 혹시나 하는 생각이 들었다.

아무리 사람이 닮았다고 해도 아주 닮은 사람은 찾기 힘들다.

자신을 닮은 도플갱어가 세 명은 있다는 속설도 있고 실제로 너무나 닮은 다른 범죄자 때문에 수십 년을 감옥에서 썩은 사람도 있기는 하지만, 범죄를 준비하는 데 전혀 예상하지 못할 정도로 닮은 사람이 함께 손잡을 확률은 그다지 높지 않다.

그렇다면 남은 건 하나뿐.

닮지 않았으면 닮게 만든다.

"턱 라인에 지방을 좀 넣은 것 같고, 눈 쪽도 손을 좀 댄 것 같고."

사진을 보면서 성형외과 의사는 어이가 없다는 듯 말했다.

"보통은 더 잘생겨지려고 수술을 하는데, 이분은……."

"확실히 수술을 한 거 맞습니까?"

"네, 맞습니다."

"으음……."

노형진의 예상과 다르게 훨씬 치밀한 과정이었다.

"잡힐 경우를 대비한 거군."

누군가의 인생을 사서 그를 이용하고 범죄자로 만든다.

그리고 진짜 범인은 사라진다.

한 번 한 성형수술을 두 번 하지 말라는 법은 없다.

"거기에다 추적도 불가능해지지."

진짜 허오중은 장애인에 거동도 불편하니 그가 아닌 건 확실해질 테고, 가해자는 허오중이라는 가면만 썼다가 벗으면 그만이다.

더군다나 그 가해자는 본래 자신의 인생을 살던 사람이니 다시 한번 자신의 삶으로 돌아가면 된다.

바뀌는 것은 없다.

"진짜 철저하게 준비했네."

"3천억짜리 건수니까."

출처도 추적할 수 없는 그 정도 돈을 벌 수 있다면 수술비 정도는 조금도 부담스러운 비용이 아닐 것이다.

"어떤 얼굴을 바꾼 건지 알 수 있을까요? 원래 얼굴이라든가 말이죠."

의사는 고개를 흔들었다.

"힘들 겁니다. 누군가와 닮게 만들려고 한 수술이잖아요."

그는 사진을 돌려주면서 차분하게 말했다.

"변수가 너무 많아요. 지방을 넣어서 턱선을 부풀린다든가 코를 깎는다든가 아니면 코를 세울 수도 있고 광대를 깎거나 높일 수도 있고. 거기에다 일 끝나고 환원한다고 생각하면, 아무리 노력해도 완벽하게 과거 얼굴로 돌아갈 수는 없으니까."

결과적으로 얼굴만 보고 누구인지 알아낼 방법은 없다는 것이다.

"알겠습니다. 감사합니다."

일단 중요한 건 수술이 이루어졌음은 확실하다는 것이다.

노형진과 오광훈은 병원에서 나오면서도 입맛을 다셨다.

"이건 생각지 못했네."

"두한 녀석들, 생각보다 치밀해."

"이게 무슨 영화도 아니고, 성형이라니."

오광훈은 혀를 끌끌 찼다.

"나라면 절대 수술 안 한다."

"만일 지금의 얼굴이 아니라 과거의 얼굴이라면?"

"그 수술, 공짜인가?"

진지하게 묻는 말에 노형진은 피식 웃었다.

"그나저나 이런 식이면 누구인지 알 수가 없지 않아? 일 끝내고 다른 쪽으로 갔다고 하면 알아볼 방법이 없을 텐데."

"그렇겠지."

두한이라면 일이 끝난 후에 그를 원래 보직으로 보내지는 않을 것이다.

그랬다가 누군가 얼굴을 알아볼 수도 있으니까.

그러니 다른 곳으로 발령이 났을 테고, 그곳에서 그는 천연덕스럽게 근무할 것이다.

"그 나이 때쯤 되면 어차피 슬슬 은퇴를 준비해야 하니까."

굳이 자리싸움을 하면서 경쟁할 필요가 없다.

적당히 작은 계열사에 가서 목에 힘주고 사장 노릇 해도 그만이다.

"그러면 어떻게 잡지? 이야, 이거 두한 녀석들 진짜 치밀하네."

"걱정하지 마. 길은 이것뿐이 아니니까."

"그러면?"

"전에 말했다시피 두한은 분명 홍보석을 노릴 수밖에 없어."

"그래서?"

"그들이 원하는 건 홍보석이 얼마나 많은 정보를 가지고 있는지를 알아내는 거지."

노형진은 방금 가지고 나온 사진을 흔들었다.

"만일 홍보석이 진짜 허오중을 만났다고 하면 어떻게 할까?"

"상관없지 않나?"

"생각해 봐. 누군가가 허오중의 과거를 사서 사기를 쳤어. 그런데 허오중이 과연 아무 대가 없이, 오직 선의로 넘겨줬겠어?"

당연히 적당한 대가를 받고 했을 것이다.

"아마도 허오중은 삶이 극한이었을 거야."

더 이상 일어날 방법도 없는 그런 상황에서, 마지막으로 일어날 방법으로 자신의 신분을 거래했을 것이다.

"그런데?"

"화장실에 들어올 때와 나갈 때 마음이 다르다는 말이 있지."

노형진은 키득거리며 웃었다.

"살기 위해 자신의 과거를 팔았겠지만, 그래서 살아남으면 인간은 그 과거가 자신을 붙잡는 걸 싫어하거든."

"하지만 그거랑 무슨 관계가 있는데?"

"신분을 팔았다는 것은, 여전히 범인은 허오중이라는 뜻이지."

노형진은 차분하게 말했다.

"그리고 이런 범죄에서 신분을 넘겨준 사람은 그 책임이 있고 말이야."

당연히 허오중은 두한의 감시를 받고 있을 것이다.

"홍보석 검사가 본격적으로 움직일 시점이야."

🜂

허오중에 대한 영장은 이미 나와 있다.

나와 있을 수밖에 없다.

그가 사기를 친 것은 사실이니까.

"그리고 신용카드 내역을 뽑아내는 것은 어려운 일도 아니고요."

화이트칼라 범죄인 만큼 은행 거래 내역을 뽑아내는 것은 쉽다.

"그런다고 해서 진짜 허오중을 찾을 수 있을까요?"

홍보석은 고개를 갸웃했다.

두한이 바보가 아닌 이상에야 허오중에게 신분을 사고 나서 그가 계속 활동하게 두지는 않을 것이다.

영장이 나오는 순간 그를 찾을 테니, 자칫하면 바로 잡혀 버릴 테니까.

"지금 기록을 보면 그렇지요. 하지만 과거의 기록을 보면 알 수 있습니다."

노형진은 명세서를 쭉 살폈다.

"그 기준이 어딘지도 모르는데요?"

"일단은 물건이 바뀌죠."

노형진은 카드의 명세서를 내밀었다.

"여기 보시면 마트에서 5천 원을 결제한 것으로 되어 있습니다. 뭘 샀는지 모르지만 그다지 비싼 건 아니죠. 그리고 그당시에 산 걸 보면 비싼 건 없어요."

3천 원, 5천 원. 많아 봐야 2만 원 정도.

"우리가 원래 알고 있는 허오중이라면 이런 곳에서 이렇게 돈을 쓸 이유가 없죠."

수백억짜리 사기를 친 놈이다.

그런 놈이 돈이 없어서 슈퍼마켓에서 라면 하나만 사지는 않을 것이다.

"아! 그러면 이때는 이 통장이 진짜 허오중에게 있을 때군요."

"네. 그런데 보다시피 어느 순간 카드에 막대한 자금이 들어오고, 사용되는 내역도 바뀝니다."

새로운 카드가 만들어지고 나서 그 카드의 사용 내역은 터무니없이 비싸진다.

수십만 원짜리 저녁 식사, 비싼 수입 자동차, 명품 등등.

갑자기 씀씀이가 터무니없이 커진 것이다.

그리고 기존의 카드 역시 갑자기 사용 내역이 늘어나다가 갑자기 사라진다.

정확하게는, 사기가 터진 후에 사라진다.

로또라도 되지 않은 이상 이건 불가능하다.

"아마 이때쯤 허오중에게 접근해서 신분을 샀을 겁니다."

"그런데 이거랑 진짜 허오중을 찾는 게 무슨 관계죠?"

"진짜 허오중은 신분을 넘겼다는 게 중요하죠. 즉, 그의 명의로 뭐 하나 살 수 있는 상황이 아니라는 거죠."

그렇게 되면 바로 경찰의 수사가 들어올 테니까.

못해도 5년 이상은 조용히 있어야 한다.

"그런데 알다시피 현대는 금융이 모두 전산화되어 있습니다. 물론 현금으로 줄 수도 있지만, 현금이 이제는 아예 사용이 안 되는 장소도 늘어나고 있지요."

당장 주차장만 해도 자동화, 무인화되면서 카드로만 결제되는 곳도 많다.

"하지만 그만큼 돈을 줬을 텐데요?"

"그게 문제죠. 허오중에게 준 돈이 적지는 않았을 겁니다."

못해도 몇억 단위 돈을 주었을 것이다.

그래야 신분을 드러내지 않은 채 먹고살 수 있을 테니까.

"그러면 그 돈을 어디다 보관할까요? 바로 그 부분이 문제입니다. 허오중에 관해서만 찾아봤지, 주변 사람들은 캐 본 적 있으세요?"

"그건 영장이 안 나와서……."

홍보석은 입술을 깨물었다.

신청을 했지만 허오중과 관련이 없는 사람들이라고 영장이 안 나왔다.

상식적으로 사기를 친 돈을 감추는 가장 가까운 장소가 주변 인물, 특히 가족의 계좌인 점을 감안하면 말이 안 되는 소리다.

"애초에 감추려고 했던 사건이니 당연한 거지요."

"그건 알겠는데, 숨어서 현금만 쓰는 사람을 도대체 어떻게 찾아요?"

홍보석은 고개를 갸웃했다.

아무리 생각해도 현금만 쓰며 숨어 사는 사람을 찾는 방법이 없었기 때문이다.

"허오중은 자기 계좌를 못 쓰죠. 아마도 부모님이나 다른 형제의 계좌를 쓸 겁니다. 아마도 부모님 계좌일 가능성이 높지만."

"부모랑 같이 살까요?"

"그렇지는 않을 겁니다."

노형진은 계속 카드 사용 내역을 뒤적거렸다.

애초에 부모라는 존재는 수사의 제1 대상이고, 실제로 홍보석이 몇 번이나 찾아가서 확인을 했다.

실제로 많은 피해자들이 부모에게 찾아가기도 했고.

"진짜 바보가 아닌 이상에야 부모에게 가지는 않을 겁니다."

"어쨌건 그것도 결국 부모의 계좌를 열어 봐야 알 수 있겠지만 그건 안 나올 텐데……."

"부모만 문제가 아니죠."

노형진은 씩 웃었다.

"여기 찾았네요."

노형진은 목록을 바라보다가 뭔가를 찾아냈다.

"주디어페럴."

"이게 뭔데요?"

"여성복 전문 회사입니다."

"이게 뭐가 문제가 되나요?"

"문제가 되죠. 여성복을 만드는 회사잖아요."

주디어페럴은 여성복 전문 회사다.

주 고객 연령대는 대략 40에서 60대 사이.

"그리고 허오중은 그 옷을 살 이유가 없죠."

"……!"

그의 부모는 이미 여든이 넘었다.

물론 효심이 깊어서 비싼 옷을 사 줄 수도 있다.

"하지만 이런 옷을 사 줄까요?"

노형진이 인터넷에서 찾아낸 주디어페럴의 옷은 누가 봐도 여성스럽고 소위 말하는 서울의 복부인 스타일, 그러니까 나름 성공한 집안의 여성들이 입는 스타일이다.

"허오중의 부모님은 전혀 다르죠."

시골에서 농사를 짓는 분들이고, 이런 옷을 입을 기회 자체가 없다.

설사 있다고 하더라도 이 옷들은 맞지도 않는다.

디자인 자체의 나이대가 어울리지 않으니까.

"남자는 돈이 생기면 여자가 생기기 마련이지요."

돈이라는 것은 여유를 뜻한다.

돈이 없어서 여유가 없다면 누군가를 만나기 힘들지만, 여유가 있다면 누군가를 만나고 싶어 하는 것이 사람의 정상적인 감정의 흐름이다.

심적인 여유는 그동안 느끼지 못했던 외로움을 불러오기도 하니까.

실제로 여자들이 사람을 만날 때, 심적으로 여유로운 쪽을 자신도 모르게 선호한다는 연구 결과도 있다.

"남자는 심적으로 여유가 생기면 주변의 이성에게 관심을 보이는 게 일반적입니다."

"내연녀!"

홍보석은 자신도 모르게 새된 소리를 질렀다.

내연녀 혹은 내연남. 가족을 제외하고는 범죄자의 가장 가까이에 있는 사람.

"나이대도 대충 맞는 편이고요."

거기에다 이런 옷을 사 주면서 도움을 요청하는 거라면, 아니 허오중에게 돈을 받아서 생활하는 사람이라면 당연히 그를 감춰 줄 것이다.

"그 나이대의 여자가 남자와 함께 살면 대부분은 그냥 남편이라 생각하죠."

허오중에게 장애가 있다고 해서 그게 결혼을 못 할 사유는 아니다.

거기에다 돈이 있으니 적당한 곳에 숨어 지내기도 좋다.

주변 사람들에게는 남편이 장애가 있어서 밖으로 잘 나오지 않는다고 하면 딱히 의심을 사지도 않을 테고.

"그러니 이 목록을 보면 내연녀가 있다는 걸 알 수 있지요."

"으으음…… 전 몰랐어요."

"원래 배워야 하는 겁니다만."

이런 건 사실 아주 비밀스러운 스킬도 아니다.

어지간한 검사들이라면 기본적으로 아는 사실이고, 검사가 아니라 경험이 조금 있는 검찰 수사관이라면 다 알고 있는 스킬이기에 누군가 그녀에게 알려 줬어야 한다.

"그런데 안 알려 줬죠."

"아……."

홍보석이 그를 추적하면 곤란하니까.

그래서 안 알려 준 거다.

"이런 건 어떤 로스쿨에서도 알려 주지 않는 실무적인 부분이니까요."

당연하지만 새론도 그녀에게 이걸 알려 줄 수는 없었다.

새론은 검찰이 아니라 변호사 사무실이니 이런 추적을 할 이유가 없으니까.

"저 생각보다 심각하게 왕따 당하고 있었군요."

홍보석은 눈을 찌푸렸다.

이런 기본적인 스킬조차도 알려 주지 않다니.

"어쩔 수 없습니다. 두한을 대상으로 싸우는데 검찰이 그 팁을 알려 주면 그게 이상한 거죠."

노형진은 어깨를 으쓱했다. 그녀의 잘못이 아니었다.

"그런데 카드 내역이 사라졌는데 어떻게 추적을 하죠? 카드 주소지는 이미 사라졌어요. 거기에다 내연녀가 누군지도 모르는데요."

허오중의 주소지로 가는 카드 내역서다.

당연하게도 허오중이 지금 거기에 살 리 없다.

"이건 저만의 스킬이죠."

"노 변호사님만의 스킬?"

"후후후."

홍보석은 오광훈에게 도움을 요청했다.

대상은 허오중의 내연녀가 주로 옷을 샀던 주디어페럴의 매장. 그곳에 대해 영장 발부를 요청한 것이다.

물론 홍보석이 할 수도 있지만, 그랬다가는 당장 그녀가 추적 중인 것이 드러난다.

그래서 오광훈에게 적당히 핑계를 대서 영장을 청구하도록 부탁했고, 판사는 별 의심 없이 영장을 내줬다.

물론 그 과정에서 가짜 증거를 내놔야 했지만.

"찾았다."

노형진은 자신이 노리던 것을 찾았다.

그건 다름 아닌 전화번호.

"이런 회사들은 전화번호를 이용해서 광고를 하니까요."

노형진은 전화번호 목록을 보여 주며 말했다.

해당 매장에 있던 컴퓨터에서 복사해 온 수많은 전화번호

중 그날 그 시간에 결제한 기록에 해당되는 것은 분명 하나뿐이었다.

"카드 기록을 보면 그 여자는 주디어페럴을 좋아하는 것 같으니까……."

당연히 회원 가입이 되어 있었고, 전화번호와 주소까지 그대로 남아 있었다.

"이곳을 찾아갑시다."

노형진은 살짝 미소를 지었다.

사건과는 전혀 관련이 없는 주소.

만일 내연녀라는 존재 자체를 몰랐다면 영영 몰랐을 주소.

"아마도 진짜 허오중은 그곳에 있을 겁니다, 후후후."

토사구팽은 기본 옵션

허오중을 찾는 것은 어렵지 않았다.

주소에 갔을 때 예상대로 그곳에서 나오는 허오중을 발견할 수 있었다.

"얼굴의 흉터와 절고 있는 다리. 분명 진짜 허오중이군요."

노형진은 그런 그를 보면서 씩 웃었다.

그는 슬금슬금 주변의 눈치를 보면서 간단하게 현금으로 술을 사서 재빨리 빌라로 돌아갔다.

"정말 내연녀와 함께 살고 있을 줄이야! 당장 체포해야 해요!"

홍보석은 잔뜩 신이 나서 외쳤다.

"저 사람만 잡으면 두한의 연관성을 증명할 수 있을 거예요!"

"아니요. 그럴 수는 없을 겁니다."

"네?"

"두한은 그렇게 바보가 아닙니다."

노형진은 고개를 흔들었다.

치밀한 두한이 그렇게 섣불리 허오중에게 접근하지는 않았을 것이다.

"아마 진짜 허오중은 두한이라는 존재에 대해서는 모를 겁니다."

물론 아예 모르지는 않을 것이다.

대문짝만 하게 자기 이름이 뉴스에 떴으니까.

"하지만 받은 돈이 있으니 조용히 숨은 것뿐이죠."

그리고 그에게 돈을 주고 신분을 산 사람은 아마도 그에게 가짜 전화번호와 가짜 이름을 알려 줬을 테니, 그걸 추적해 봐야 아무것도 안 나올 게 뻔하다.

"이런 경우에 우리가 증명할 수 있는 건 애초에 큰 세력이 끼어들었다는 정도이지, 그들이 누군지는 알 수가 없죠."

"으윽."

홍보석은 질려 버렸다는 얼굴이 되었다.

하긴 지금까지 그저 그런 범죄자들을 상대하던 평검사인 그녀는 이렇게 하나에서 열까지 치밀하게 계획범죄를 구성하는 범죄 조직을 보는 건 처음일 테니까.

"뭘 '으윽.'이야. 그냥 놔두면 돼."

"놔둔다고요? 선배님, 놔둔다고 해결될 리 없잖아요?"

오광훈이 옆에서 시큰둥하게 말하자 홍보석은 어이가 없어서 그를 바라보았다.

"아니, 내가 놔두라고 말하는 건 고민하지 말라는 뜻이야. 노형진 이놈이 우리를 여기까지 데리고 왔을 때는 이미 설계가 다 끝났다 이거거든."

"설계요?"

"눈치 빠른 놈."

"내가 한 눈치 하지."

히죽 웃으면서 노형진을 바라보는 오광훈.

"그래서 뭘 어쩌면 됩니까, 보스?"

"설계라니? 설마 여기서 두한을 엮을 방법이 있다는 거예요?"

홍보석은 깜짝 놀랐다.

당장 허오중을 체포해도 방법이 없다고 한 건 노형진이다.

그런데 두한과 엮을 방법이 있다고?

"간단합니다. 허오중에게 영장을 청구하면 됩니다."

"이미 허오중에 대한 영장이 나와 있는데요?"

그러니 당장 들이닥쳐서 체포하면 된다.

"이야, 이 아가씨 이거 겁나 순수하네. 어떻게 그렇게 깨끗한 마음으로 검사를 하신대?"

"아가씨?"

오광훈의 말에 홍보석은 순간 말문이 막혔다.

막나가는 타입이라고 듣기는 했지만, 실제로 보니 검사라기보다는 무슨 지역 깡패 같은 느낌이다.

"저기, 선배님. 제가 무슨 실수한 거라도 있나요? 아니면……."

혹시나 자신을 미워하나 하는 생각에 걱정스럽게 묻는 홍보석.

"아니, 신경 쓰지 마세요. 이놈, 원래 스타일이 이래요."

노형진은 어깨를 으쓱하면서 오광훈의 어깨를 툭 쳤다.

"대충 보니 눈치를 챈 것 같으니 네가 한번 말해 봐."

"그럴까?"

오광훈 역시 어깨를 으쓱하면서 입을 열었다.

"영장은 허오중이 아니라 내연녀에게 쳐야지."

"선배님이요?"

"아니, 네가."

"네? 제가요?"

"그래. 지금 너를 집중적으로 보고 있는 곳이 어디 한두 곳이야?"

검찰과 법원 그리고 정치계, 심지어 두한까지, 그녀의 일거수일투족이 다 보고된다고 봐야 한다.

아마 하루에 화장실에 몇 번 가는지까지도 보고되고 있을 것이다.

"네? 제가 화장실에 가는 것도 보고된다고요?"

얼굴이 핼쑥해지는 홍보석.

"몰랐어? 너 여직원 하나 있지? 네가 화장실에 갔다 오면 꼭 좀 이따가 오지 않던?"

"그, 그건……."

그랬다. 분명 사무실에 여직원이 한 명 있었다.

그런데 그 여직원은 그녀가 화장실에 갔다 오면 꼭 사무실에 들어오곤 했다.

자신도 화장실에 갔다 왔다면서 말이다.

"이미 주변 스타 검사들이 네 주변을 캐는 놈들을 다 캐고 있어. 이야기되어 있잖아."

오광훈은 차분하게 말했다.

"화장실에서 몰래 통화할까 봐 네가 화장실에 가면 따라가는 거야."

"그 정도까지……."

홍보석은 질린 표정이 되었다.

생각해 보면 당연한 일이다.

여자 화장실에 남자가 들어갈 수는 없고, 그렇다고 여자 화장실마다 상시 사람을 둘 수도 없으니…….

"네가 나가면 조용히 따라가는 거지."

그리고 화장실에 가서 그녀가 볼일을 보거나 통화를 하거나 하면 바로 보고를 하는 것이다.

"제가 처음부터 쉽게 생각하지 말라고 하지 않았습니까?"

노형진의 말에 홍보석은 말을 하지 못했다.

호기롭게 시작했지만 이 정도일 줄은 몰랐던 것이다.

"이미 호랑이 등에 올라탄 꼴입니다. 이제 내릴 수도 없습니다."

노형진은 안타깝다는 목소리로 말했다.

그녀가 겁을 먹고 그만둔다고 해도, 안전을 위해서라도 두한은 최소한 그녀를 그만두게 하려고 할 것이다.

"그만둘 생각은 없어요. 다만 그걸 어떻게 해야 하나 고민하고 있지요."

"그런 고민을 할 게 아니라, 그걸 이용해야지요."

"네?"

"아까 오광훈 검사도 말했다시피, 홍보석 검사님은 모두의 관심을 받고 있다는 걸 알고 계시면 됩니다."

그녀가 뭘 하든 두한은 즉시 안다.

"그리고 뭘 할지는 홍 검사님의 선택이지요."

⚖️

"뭐? 그 새끼를 찾았어?"

부장검사는 당황해서 물었다.

철저하게 감추려고 했다.

사실 홍보석이 아무리 노력해도, 자기편도 없는 한낱 평검사일 뿐이다.

심지어 수사관들까지 등을 돌린 상황에서 홍보석이 할 수 있는 건 없다고 생각했다.

그게 정상이었다.

그런데 홍보석이 진짜로 허오중을 찾았다.

그것도 진짜 허오중을.

"그게 진짜고, 가짜가 진짜의 신분을 사서 일을 벌인 것도 알고 있습니다."

"이런……. 도대체 어디까지 안 거야!"

부장검사는 입술을 깨물었다.

이건 절대로 알려져서는 안 되는 사항이었다.

아니, 알려져서는 안 되는 정도가 아니라 누구도 몰랐어야 한다.

"그래서 영장은? 어? 영장은 어떻게 했어?"

"다행히 판사들이 커트했습니다만……."

홍보석은 진짜 허오중의 사진까지 첨부했지만 판사들은 사기를 친 허오중과 동일 인물이 아니라면서 영장 청구를 기각했다.

"다행히 막은 것 같기는 하네."

"막은 게 문제가 아닙니다."

부장검사는 눈을 찌푸렸다.

"또 다른 문제가 있나?"

"화장실에서 다른 사람과 통화하는 것을 직원이 녹음한 겁니다."

"통화?"

"네. 야근하느라고 화장실에 혼자 있다고 생각한 모양입니다."

부하가 핸드폰으로 넘겨받은 파일을 재생시키자 홍보석의 목소리가 흘러나왔다.

─네, 애초에 그 사람은 가짜였어요. 두한에서 성형하고 신분까지 사서 친 사기예요. 관련 증거요? 이미 진짜 허오중을 찾았습니다. 가짜 허오중도 찾았어요. 진짜는 사실을 말하고 증언을 약속했고, 가짜는 설득 중이에요. 성형한 의사도 찾았으니까요. 이미 관련 정보를 다 가지고 있으니까 그쪽에서 빠져나가기는 힘들 거예요. 제가요? 아니, 제가 뭘 했겠어요. 제보해 주신 덕분이죠. 걱정하지 마세요. 이건으로 아마 기존 사건에 대한 대대적인 감사가 진행될 거예요. 승진하시면 저 잊지 마세요. 이제 우리는 한배를 탄 겁니다. 무슨 뜻인지 아시죠? 네, 연락 기다릴게요.

거기까지 들린 후 통화 소리는 뚝 끊어졌다.

부장검사는 얼굴이 핼쑥해졌다.

"이런 씨발……."

모든 것을 다 알았다는 이야기. 거기에다 증거들.

진짜 허오중은 배신을 약속했고 가짜는 배신하기 직전이란다. 거기에다 내부 고발자까지.

"이런 씨발! 어떤 새끼야! 이거 미친 거 아냐!"

이게 터지면 두한은 치명적인 타격을 입는다.

어쩌면 그 타격이 회장 라인까지 갈 수도 있고, 그렇게 되면 회사는…….

아니, 회사가 문제가 아니다.

이걸 지금까지 막았던 검찰과 판사들에게 어떤 피바람이 불지는 너무 뻔하다.

"이거 어떻게 된 거야? 어! 누구야! 누가 배신한 거야? 말이나 되느냐고!"

눈을 번득이는 부장검사.

너무 위험한 상황이 되어 버렸다.

그러나 다음 말에 그는 입을 쩍 벌려야 했다.

"그게…… 진필규 부회장의 집이 최종 수신지입니다."

"뭐?"

"홍보석 검사의 핸드폰을 추적했습니다만."

원래 홍보석 검사의 핸드폰을 보기 위해서는 영장이 필요하지만, 이미 끼리끼리 다 붙어먹은 상황에서 그걸 한번 열어 보는 것은 어려운 일이 아니다.

그리고 그 수신한 곳의 위치를 확인하는 것 또한 어려운 게 아니었다.

통화 중이 아니었기 때문에 정확한 위치는 추적이 불가능하지만 대충 어디인지는 알 수 있었다.

"대포폰이었습니다. 그런데 그 핸드폰의 최종 수신지가

진필규 부회장의 집 근처 기지국입니다."

"서…… 설마! 그럴 리가?"

"하지만 다른 사람들이 거기에 있을 이유가 없습니다."

진필규 부회장. 두한을 만든 사람 중 한 명이다.

그런데 그가 왜 배신을 한단 말인가?

"후계 문제 때문 아니겠습니까?"

"후계?"

"네. 두한은 지금 후계자가 공석입니다."

부장검사는 정신이 어질어질해졌다.

그랬다. 두한의 회장은 이상주다. 그리고 그의 아들은 이문소.

마지막으로 유일한 후계자, 아니 유일한 후계자였던 이택수.

그 후계 라인은 탄탄했다.

'이택수가 잡혀 들어가기 전까지는 말이지.'

이택수는 고작 초등학생이었지만 지독한 사디스트였고 거기에다 집안까지 통제할 수 없는 수준이라, 자신보다 어린 학생들을 납치해서 고문, 살해하다가 오광훈에게 잡혔다.

나이가 어린 데다가 막대한 뇌물을 뿌려서 정신이상으로 풀려나기는 했지만, 사건이 워낙 크게 터져서 정상적인 과정을 거쳐서는 후계자가 될 수 있는 방법이 없었다.

그래서 비정상적인 과정, 그러니까 모든 권력을 이상주와 이문소가 쥐고 있어야 하는 상황이 되어 버렸다.

그리고 현재 이상주는 회장이지만 이문소는 사장급이다.

권력을 잡기 위해서는 이문소가 부회장급으로 올라서야 한다.

"씨발…… 어떻게 일이 이렇게 틀어지는 거지?"

이택수의 아버지이자 이상주의 아들인 이문소가 올라갈 수 있는 자리는 단 하나, 바로 부회장 자리다.

"진필규가 그냥 당할 리 없지."

개국공신은 아니지만 두한을 이끈 공이 커서 혈연이 아님에도 불구하고 부회장 자리까지 올라간 진필규.

만일 이 일이 터지면 이문소의 사장 자리는 물론 당장 이상주의 회장 자리도 위험하게 된다.

두한 내부에 진필규파 역시 적지 않기 때문에 그들이 공격을 하게 된다면…….

최악의 경우 두한은 그의 손에 떨어지고, 최소한 분할이다.

"젠장…… 이런 엿 같은…….'

부장검사는 지금 이 상황에 정신이 아득해졌다. 거대 기업의 후계 전쟁에 끼어든 자신들의 미래가 어느 쪽이든 곤란해졌기 때문이다.

⚖️

"진필규는 황당하겠지?"

"그러겠지. 이 정보가 넘어가면 이상주와 이문소가 그냥은 안 넘어갈 테니까."

노형진은 어깨를 으쓱하며 말했다.

"당연히 공격을 할 텐데, 진필규가 병신도 아니고 그냥 당하겠어?"

그렇게 허허거리는 타입의 인간이 두한의 부회장까지 올라갔을 리 없다.

당장 이문소의 나이가 많은 건 아니라고 하지만 그래도 혈연이라는 게 있으니 이미 부회장이 되고도 남았어야 했음에도 그는 사장단의 대표로 남아 있다.

"그만큼 진필규에게 힘이 있다는 거지."

본인도 힘이 있고 파벌도 강하기에 견제를 하고 있다는 것.

"마냥 충성하는 사람이었다면 아마 자기 자리를 넘겨줬겠지."

상황을 뻔히 아는데 진필규가 회사에 과연 욕심을 내지 않았을까? 그럴 가능성은 낮다.

"그래서 진필규 집에 가서 통화한 거야?"

"통화 중이 아닌 핸드폰은, 기지국은 알아낼 수 있어도 정확한 통화 위치는 확인할 수 없거든."

물론 핸드폰 번호를 알고 있다면 추적할 수 있겠지만, 그건 어디까지나 켜져 있을 때의 이야기다.

핸드폰을 원격으로 켜는 방법도 있다고는 하지만, 원격이고 나발이고 아예 배터리가 분리되어 있으면 그 위치를 추적할 방법은 없다.

"기지국 주변에 사는 건 진필규뿐이니까."

그 지역은 어쭙잖은 부장급, 사장급이 살 만한 동네가 아니다.

당장 담의 높이가 사람 키의 네 배 이상인, 최고가의 동네다.

그러니 거기서 살 수 있는 건 진필규 정도나 되어야 한다.

"검찰이 시끄럽겠네."

눈앞에서 내전이 벌어지고 있으니 어느 쪽 라인을 타야 하나 고민하기 시작할 테고, 그 쓸데없는 고민은 그들의 시스템을 흔들기에 충분하다.

"그리고 누군가는 그걸 두한에 이야기할 테고 말이지."

결국 그 이후에 벌어질 일에 따라 그들의 미래가 바뀔 것이다.

"그런데 말이야."

"응?"

"너 홍보석 검사에게 어떻게 설명한 거야? 네가 내 작전을 안다는 게 의외인데?"

분명 오광훈은 홍보석에게 노형진이 함정을 팔 거라고 했다. 실제로도 그랬고.

"뭐, 그건 검사의 직감보다는 전생의 경험이지. 뻔한 거 아냐? 토구사팽이라는 말이 있잖아?"

"토구사팽이 아니라 토사구팽이다. 좀 알고 써라."

오광훈은 머리를 긁적였다.

"그건 아무래도 상관없어. 하여간 뻔하지. 홍보석을 감시하던 놈들이 홍보석이 중요한 정보를 잡았다는 사실을 알면 무슨 수를 쓰려고 하겠지. 그리고 내 원래 생의 일을 생각하면 뭔 일이 벌어질지는 뻔하지."

사람을 동원해서 최소한 반쯤 병신을 만들 테고, 최악의 경우 아예 죽여 버릴 거다.

"아무래도 전자는 몇 번 의뢰가 들어왔거든. 후자는 아니지만."

"그래서, 했냐?"

오광훈은 어깨를 으쓱했다.

하긴 그는 조폭이었지 천사가 아니었다.

최후의 선인 살인까지는 아니었어도, 폭행 사주 같은 건 조폭들에게는 그다지 어려운 일도 아닐 테니까.

"그러니 그런 놈을 보내게 하려 할 것쯤은 예상하기가 어렵지 않지."

노형진은 고개를 끄덕거렸다.

"맞아. 그런 놈을 보낼 거야."

그리고 그놈을 잡을 거다.

"허오중은 상대방이 누군지 모르지. 하지만 이런 일을 하는 놈들은 결국 시키는 놈을 계속시키기 마련이거든."

그래야 안전하니까.

"하지만 그 녀석들이 쉽게 입을 열까? 이런 말 하기 그렇지만, 어차피 단순 폭행 미수 정도잖아. 그걸로 입을 열지는 않을 텐데."

노형진은 가만히 자신의 손을 내려다보았다.

그러고는 주먹을 몇 번 쥐었다가 폈다.

"그래, 입은 열지 않을 거야. 기대도 안 해. 하지만 나한테 알려 주지 않을 수는 없을걸."

그렇게 말하는 노형진의 얼굴에 살짝 미소가 떠올랐다.

⚖️

예상대로라고 할까? 홍보석이 며칠 감시하다가 결국 철수하자 수상한 차량들이 몰려들었다.

"어떻게 안 거야? 홍보석이 가기 무섭게 오네."

"안 게 아니라 당연한 거지. 홍보석은 고립된 상황이잖아."

수사관들이 도와주지 않으니 당연히 홍보석 혼자 감시를 할 텐데, 아무리 그녀가 열혈 검사라고 해도 감시하면서 몇 날 며칠을 꼬박 새울 수는 없다.

"그러니 그녀가 자리를 비우는 틈을 노리겠지."

노형진은 차분하게 말했다.

"하지만 다른 검사가 있는 줄은 모를 테고."

노형진은 고개를 흔들었다.

오광훈과 다른 스타 검사들. 그들이 홍보석의 도움 요청에 잠복하고 있었다.

그게 이번 작전의 시나리오다.

"그리고 딱 맞춰서 오신 우리 조폭분들."

노형진은 다시금 시선을 차량으로 돌렸다.

아직은 사람이 많은 시간. 좀 더 새벽이 가까워지면 움직일 게 뻔했다.

"그나저나 저 사람들이 누군지 아는 사람 있나요?"

조폭인지 아니면 직접 보낸 사람인지 확인해야 다음 작전을 구상하기 쉽기에 노형진은 혹시나 해서 물었다.

다행히 경험이 좀 있는 사람이 손을 들었다.

"저거 양학파네요. 차량 번호를 보니 알겠습니다."

"양학파요?"

"네, 재벌가들과 선이 좀 있다고 하더군요. 그 재벌이 두한인지는 몰랐지만요."

"잘 아시네요?"

그 검사가 어색하게 웃었다.

"그게, 사실 저 새끼들 때문에 제가 조폭 전담에서 잘렸거든요."

"네? 잘려요?"

"네. 원래 저는 조폭 전담 검사였습니다."

검찰청에는 위험한 조폭들을 전담하는 검사들이 있다.

그래야 안전하니까.

랜덤하게 돌리면 누군가 배신할 수도 있고, 겁먹는 사람도 있을 수 있으니까.

"제가 거기에 있을 때 양학파 파고들다가 지금 부서로 쫓겨났습니다."

"무슨 뜻인지 알겠네요."

양학파와 함께 일하는 곳은 두한.

그들 입장에서는 양학파가 걸려드는 걸 원하지 않았으리라.

"그 복수, 오늘 할 수 있겠네요."

"하지만 저 새끼들이 잡힌다 해도 입은 열지 않을 텐데요?"

"그 부분은 걱정하지 마세요, 후후후."

노형진은 조용히 시선을 돌렸다.

그리고 시간이 지나서 사람이 드물어지자, 드디어 기다리던 대로 차량의 문이 드르륵 열렸다.

그 안에서 건장한 깍두기 몇몇이 내렸다.

"기다리세요."

노형진은 느긋하게 기다리라고 했다.

잠시 후 빌라에서 남자와 여자가 두건을 쓴 채 강제로 끌려 나오는 것이 보였다.

둘 다 공포에 질려서 오줌을 싼 건지, 속옷이 축축하게 젖어 있었다.

"이쯤이면 된 것 같죠?"

노형진의 말에 사람들은 후다닥 튀어 나갔다.

그리고 기다리고 있던 경호 팀의 차량들이 번개같이 움직여서 양학파의 차량들이 움직일 수 있는 길을 막았다.

"뭐야? 이 새끼들 뭐야!"

"손들어! 검찰이다!"

"이런 쌍!"

일이 틀어진 거라 생각한 그들은 눈을 데굴데굴 굴렸다.

오해가 있다고 주장하기에는 자기들 상황이 너무 안 좋았다.

우르르 몰려가서 사람을 두건을 씌워 끌고 나온 데다가, 검찰이라는 말을 들은 그들이 몸부림치기 시작했으니까.

"사…… 살려 주세요! 검사님! 검사님! 저 좀 살려 주세요! 제발 살려 주세요!"

"설마 이 장면을 보고 '우연이니까 그냥 갈 길 가십시오.' 하지는 않을 거지?"

오광훈이 이죽거리면서 앞으로 나서자 양학파는 곤혹스러운 얼굴이 되었다.

"어떻게 할래? 여기서 총격전 한번 할까? 아니면 손들래?"

"오광훈이 너, 총은 또 언제 들고 왔어?"

노형진은 오광훈이 품에서 꺼내는 총을 보면서 질려 버렸다.

사실 총은 섣불리 가지고 올 수 있는 게 아니다.

한국은 총기 자유국이 아니기 때문에 검사들이 총을 들고 다니지 않는다.

애초에 검사는 내근직으로 분류되며 일선에서 뛰지 않는다. 그래서 총기 자체가 지급되지 않는다.

물론 아주 위험한 작전인 경우 안전용으로 총기가 지급되기는 하지만, 보통 가스총이며 그나마도 기간 한정 임대가 보통이다.

실탄이 들어가는 총은 누가 봐도 총격전을 피할 수 없다고 판단될 때만 지급되며 그나마도 최후방에 배치된다.

그런데 오광훈이 들고 있는 총은 아무리 봐도 진짜 권총.

그것도 보통 한국 경찰이 많이 쓰는 리볼버가 아니라 제대로 탄창까지 있는 베레타 계열의 권총이었다.

"이거? 비싸게 줬지."

"비싸게? 설마……!"

당장에 노형진의 얼굴이 핼쑥해졌다.

총기 안전국, 대한민국.

하지만 현실은 그렇지 않다.

모 사이비 종교는 지대공미사일까지 가지고 있을 정도였으니까.

인천에만 가도 러시아에서 밀수된 총기는 어렵지 않게 구할 수 있다.

"이런……."

주변에 있던 수사관들도 당황한 얼굴이다.

자신들이야 정식 수사관이고 무장이 허락된 사람이니 상

관없지만, 검사가 무기를 불법 소지하다니.

"어떻게 할래? 진짜 총격전 한번 할까?"

히죽거리면서 웃는 오광훈.

그리고 그걸 보면서 양학파의 얼굴은 핼쑥하게 변했다.

'미친개 오광훈이라고?'

수틀리면 범죄자를 개 패듯이 패는 검사.

천하의 두한의 유일한 후계자를 인생 종 치게 만든 인간.

가서 죽으라고 미국으로 보냈더니 대형 카르텔 하나를 작살 내고 돌아온 인간.

속칭, '미친개' 오광훈.

"손들어."

안 그래도 수사관들의 위협 때문에 저항도 못 하니 싸울 방법이 없었다.

"염병……."

그들은 어쩔 수 없이 손을 들었고, 풀려난 두 사람은 바닥에 털썩 주저앉았다.

그들이 두건도 못 벗고 바닥을 기자 보다 못한 수사관 둘이 다가가 잡았다.

"으아아아!"

"살려 주세요! 제발 살려 주세요!"

그에 예민하게 반응하는 두 사람.

"검찰입니다. 걱정하지 마세요."

"두건을 벗겨 드릴게요."

두건을 벗겨 주자 두 사람은 주변을 두리번거리다가 다급하게 검사들 뒤로 숨었다.

그때 그 모습을 흐뭇한 표정으로 바라보는 오광훈에게, 조폭의 리더로 보이는 자가 입을 열었다.

"오광훈, 이 끝이 안 좋을 거라는 건 알지?"

"뭐?"

"너는 상대를 잘못 건드린 거야."

"허? 요즘은 조폭 새끼가 대한민국 검사한테 협박질도 다 하네?"

오광훈은 피식 웃더니 그에게 다가갔다.

그리고 그의 머리에 총을 겨눴다.

"내가 협박질당하고 죽는 게 빠를까, 아니면 여기서 네놈 대가리에 총알구멍 나는 게 빠를까?"

"어……."

"오 검사님?"

"진정하세요."

농담이 아니다.

현직 검사가, 아무리 범죄자라지만 항복한 사람의 머리에 총을 들이밀다니.

"너 이 새끼……."

조폭도 당황해서 말을 못 했다.

"그래서? 어떤 게 빠를 것 같아?"

"……."

"죄송하다고 해라. 딱 셋 센다. 하나, 두울."

"죄송합니……."

"셋."

하지만 말이 끝나기 전에 '셋'이라는 소리가 나왔고, 오광훈은 방아쇠를 당겼다.

그리고 처절한 비명이 터져 나왔다.

"끄아아악!"

얼굴을 감싸고 바닥을 나뒹구는 조폭.

그걸 보고 검사들도 수사관들도 당황했다.

방아쇠를 당긴 건 알겠다.

그리고 범죄자의 얼굴을 향해 시뻘건 뭔가가 튀어나온 것도 알겠다.

그런데 죽거나 총소리가 나거나 뇌수가 튄 게 아니라 얼굴을 감싸고, 아니 그것도 제대로 못 한 채 바닥을 나뒹구는 이유가 도대체 뭐란 말인가?

"뭐야, 이거?"

노형진도 어이가 없어서 오광훈을 바라보았다.

"이거?"

오광훈은 슬쩍 총구를 들었다.

"1 : 1 사이즈 권총 모델 물총 레플리카. 겁나 진짜 같지?

무려 8만 9천 원이나 줬다."

"……"

노형진은 어이가 없어서 말이 안 나왔다.

물론 진짜로 권총처럼 생기기는 했지만……

"저건 왜 저래?"

"물이랑 캡사이신을 2 : 1의 비율로 희석한 거야."

"희석?"

말이 희석이지 그 정도면 희석이 아니다.

그냥 캡사이신이 물총에서 나갈 수 있게 묽게 만든 거지.

"아악! 내 얼굴! 내 얼굴!"

눈에는 안 들어갔다고 하지만 캡사이신이 얼굴에 흘렀으니 미친 듯이 따가울 건 당연한 일.

보다 못한 수사관 한 명이 잠복해 있던 차에서 물병 하나를 가져다 얼굴에 부어 줬지만 그는 꼼짝도 못 했다.

"으흐흐, 전부터 이거 하나 사고 싶었어……"

무심결에 혀로 총 끝을 핥아 먹던 오광훈의 얼굴이 순간 붉어졌다.

그리고.

"끄아악! 물! 물!".

그가 물을 찾아 방방 뛰는 걸 보고 노형진은 고개를 절레절레 흔들어야 했다.

"뭐, 도움이 안 된 건 아니네."

노형진은 오광훈을 보면서 말했다.

"뭐가 도움이 되었다는 거야?"

"물총."

"응?"

"아니야. 그런 게 있어."

노형진은 그들이 진실을 말하지 않을 거라는 것쯤은 알고 있었다.

그래서 기억을 읽어 내려고 했다.

그런데 오광훈이 쏜 물총에 맞은 조폭의 리더가 정신이 반쯤 나가서, 묻기도 전에 이런저런 생각을 한 덕분에 예상보다 더 많은 정보를 얻을 수 있었다.

"그 사기에 동원된 사람은 조오수 부장이라는 사람이야. 지금은 두한에서 시골 지점으로 발령 나가 있어."

물론 성형수술 한 부분을 어느 정도 원상 복구하고 조용히 나갔다.

"어떻게 아셨어요? 저한테는 한마디도 안 하던데요!"

홍보석은 깜짝 놀랐다.

자신이 취조를 했지만 예상대로 그들은 단 한마디도 하지 않았기 때문이다.

애초에 노형진에게 말했다는 소리도 듣지 못했다.

"저도 방법이 있습니다. 직접적인 방식은 아니지요."

노형진은 어깨를 으쓱했다.

기억을 읽었다는 소리를 할 수는 없으니까.

"중요한 건 그 녀석의 입을 열게 하는 거죠."

"그게 그렇게 쉬울까? 내가 봐서는 그 새끼, 절대 입 안 열건데."

오광훈은 부정적으로 고개를 흔들었다.

"이런 식으로 장난치는 데 자발적으로 나서는 놈이니 충성심이 장난이 아닐 거라고."

"그건 그렇지."

조오수는 분명 회사에 충성을 다하는 사람이었다.

사실상 얼굴이 전국에 팔렸다.

하지만 전혀 다른 이름과 삶을 살았으니 수사가 들어와도 그냥 닮은 사람일 뿐 아무런 혐의도 없다는 식으로 처리될 건 뻔하다.

"그런 놈이 자발적으로 입을 열지는 않을걸."

"그놈이 자발적으로 입을 열지 않으면 타의로 입을 열게 만들어야지."

"어떻게?"

"일단은 성형을 해 줬던 의사부터 족쳐야지."

노형진은 눈을 반짝였다.

"성형했던 의사?"

뜬금없는 말이 나오자 홍보석은 고개를 갸웃했다.

"아니, 그게 무슨 말씀이세요? 성형했던 의사를 왜 족쳐요?"

"세력이 문제니까요."

"세력요?"

"네. 이건 대기업과의 싸움입니다. 두한과 싸우려면 아군 세력이 많아야 하지요. 그리고 성형외과 의사는 분명 우리 아군이 될 수 있습니다."

노형진의 말에 홍보석도 오광훈도, 고개를 갸웃했다.

조오수를 성형했던 의사인 진상팔은 말문이 막혔다.

"지금 상황이 안 좋습니다. 그러니까 잠잠해질 때까지 병원을 닫고 어디 조용한 곳에서 쉬다 오시죠."

그의 눈앞에 놓인 작은 봉투.

그 안에 들어 있는 현금 2천만 원.

그리고 그를 바라보면서 무섭게 말하는 남자.

"지금 나한테 하는 말인가?"

"여기에 원장님 말고 누가 있습니까?"

"너…… 너…….."

"아니면 우리와 전쟁이라도 하시려고요?"

"이이익!"

진상팔은 이를 빠드득 갈았다.

자신을 협박하는 남자. 그는 스스로를 '본사에서 나왔다'고 표현했다.

그리고 그 본사가 어디인지, 진상팔은 듣지 않아도 알 수 있었다.

"오래 쉬라는 거 아닙니다. 한 2년 정도만, 잠깐 쉬시면 됩니다."

"미쳤군. 내가 그렇게 만만해 보이나? 고작 2천으로 뭐? 2년을 쉬라고?"

말도 안 되는 개소리다.

그는 서울 강남에서 중형급 성형외과를 운영한다.

2천만 원? 큰 수술 잡으면 하루면 벌 수 있는 돈이다.

그런데 그 돈을 던져 주면서 2년이나 쉬라고?

"그다지 만만하지는 않지요. 하지만 선생님의 가족들은 만만하지요."

순간 진상팔의 얼굴이 딱딱하게 굳었다.

그리고 때맞춰서 눈앞에 봉투 하나가 던져졌다.

그 안에서 쏟아져 나오는 사진들.

출근하는 딸과 사위의 모습.

그리고 어린이집에 들어가는, 하나뿐인 손녀의 모습.

백화점에서 쇼핑하는 아내의 모습.

"저희는 길게 말하기 싫습니다."

"너…… 너……."

"아무래도 일이 좀 틀어졌거든요."

남자는 어깨를 으쓱했다.

'젠장, 소문이 사실이었나?'

검찰에서 주변을 캐기 시작했다.

그걸 알아차린 그가 인맥을 통해 알아봤을 때는 이미 그가 비슷하게 수술한 남자의 원판을 제거하러 갔던 사내들이 잡혔다고 했다.

그리고 검사가 그가 수술한 걸 알아내고 두한을 겨냥해서 움직이고 있다고 했다.

"2년만 쉬시면 저희가 알아서 해 드립니다."

2년. 절대 짧은 기간이 아니다.

당연하게도 그 정도면 자신이 이룩한 모든 것을 다 잃어버리고도 남는 기간이다.

"원하시면 본사에서 알아서 움직여 드릴 겁니다만."

남자는 바닥에 떨어진 사진을 꺼내서 봉투에 다시 담았다.

그걸 보면서 진상팔은 눈썹이 파르르 떨렸다.

'농담이 아니야.'

생각해 보면 지금까지 두한의 일을 여러 번 처리해 줬다.

그리고 그가 아는 건 너무 많다.

'젠장.'

두한이 어떤 일을 하는지 그도 모르지는 않았다.

하지만 적지 않은 돈을 받았고 그 돈으로 강남에 이런 대형 병원을 차릴 수 있었다.

'그리고 그게 터진다면…….'

이만저만 타격이 아니다.

그런데 원판을 습격하러 갔던 자들이 이미 검찰에 잡혔다면…….

'젠장…….'

영화에서 보면 수십 년간 마피아의 회계 업무를 해 주던 사람이 은퇴하는 순간 마피아에게 살해당하는 장면이 있다.

당연하다. 그는 더 이상 필요 없고, 필요 이상으로 비밀을 많이 알고 있으니까.

그리고 지금이 딱 그 상황이다.

'2천만 원…….'

터무니없이 작은 돈. 그걸 두한이 모를까?

모를 리 없다.

하지만 그걸 내놨다.

'전쟁인가.'

검찰 쪽을 통해 이야기를 들으며 그도 알게 된 사실이 있다.

부회장인 진필규가 움직이기 시작했다.

그리고 그게 어떤 상황이 될지 진상팔이라고 모르지는 않는다.

"저희는 기회를 드리는 겁니다."

남자는 봉투를 챙기고 조용히 일어났다.

그리고 진상팔을 한 번 더 바라보고는 바깥으로 나갔다.

"개새끼."

진상팔은 이를 악물었다.

자신의 모든 것이 위험해진 상황.

그러나 그는 그냥 물러날 수가 없었다. 상대가 다른 곳도 아닌 두한이라고 해도 말이다.

그는 남자가 나가자 전화기를 들었다.

사람들은 잘 모르지만 성형외과의들의 세력은 상상 이상이다.

성형외과 의사들은 한데 뭉쳐서, 성형수술이 의료보험 처리가 되지 않도록 하기 위해 엄청난 로비를 한다.

그래야 돈을 벌 수 있으니까.

의료보험이 되지 않는 성형수술 비용, 거기에다 현금 할인 서비스를 붙이면 얼마나 많은 사람들이 현금으로 계산하는지 사람들은 모른다.

그 어마어마한 이권을 지키기 위해 의사들은 뭉쳐 있고 그들의 힘은 상상 이상이다.

"김 원장, 나 진상팔 원장입니다. 의논할 게 있습니다."

누군가와 통화를 하는 그의 얼굴은 그 어느 때보다 진지했다.

"속을까요?"

진상팔의 병원에서 나온 남자는 걱정스럽게 노형진에게 물었다.

"속을 겁니다. 뭐, 전화해서 이게 뭔 개소리냐고 따질 수 있는 것도 아니니까요."

전화해 봐야 그쪽은 모르는 일이다.

당연히 우리는 안 보냈다고 잡아뗄 수밖에 없는 상황 아닌가?

"하지만 현실적으로 다가온 위험을 무시할 수는 없죠."

다른 것도 아니고 자신과 자신의 가족들에게 닥친 위험.

거기에다 진상팔은 두한이 어떤 놈들인지 누구보다 잘 안다.

"성형수술을 한 번만 해 줬을 리 없으니까요."

그러니 본인 스스로도 두한에 대한 믿음은 없을 것이다.

"그러니 살짝 눌러 주면, 그 뒤는 뻔하죠."

노형진은 미소를 지었다.

"누르는 대상이 누군지 알 수가 없다면 답은 정해져 있거든요, 후후후."

"대출을 회수한다고?"

"네."

의료 기기 회사에서 온 연락.

임대한 의료 기기를 회수하겠다는 이야기.

상식적으로 의료 기기를 임대해 준 곳은 의료 기기가 병원에 고정되어 있어야 돈이 계속 들어오기 때문에 어지간하면 회수하지 않는다.

거기에다 많은 장비들이 고정식이기 때문에 회수를 하기 위해서는 그 설치비를 손해 봐야 한다.

그런데 회수하겠다는 이야기가 나왔다.

"으음…… 두한이겠군."

김 원장은 눈을 찌푸렸다.

진상팔 원장이 한 말을 들었을 때는 농담인 줄 알았다.

하지만 병원에서 의료 기기를 회수한다는 이야기가 쉽게 나오는 게 아닌 만큼, 그 뒤에 아주 강력한 배경이 있다고 봐야 했다.

"다른 곳일 가능성은 없겠지?"

"김 원장님, 다른 곳에서 공격할 이유가 없지 않습니까?"

"그건 그렇지."

한국성형외과학회 회장인 김 원장은 눈을 찌푸렸다.

재벌들과 원수를 진 것도 아니고, 장비를 회수할 이유는 없다. 결국 이유는 단 하나. 두한에서 손을 쓴 것이다.

"상황이야 이해가 가지만……."

성형외과학회 입장에서는 이런 식으로 장난을 치는 놈들에게 당하도록 내버려 둘 수 없었다.

　그러면 또다시 벌어질 일이니까.

　"저 혼자서는 못 이깁니다."

　진상팔의 말에 김 원장은 고개를 끄덕거렸다.

　"진 원장은 혼자가 아닙니다. 우리가 함께하지 않습니까?"

　그들이 가진 로비력, 그리고 힘은 상상 이상이다.

　다만 그게 사용되는 일이 드물 뿐.

　"이야기를 들어 보니 두한 내부에서도 싸움이 나는 것 같더군요."

　"내부에서도요?"

　"부회장이 회장을 쳐 내려고 한다던가?"

　"으음……."

　그게 무슨 뜻인지 알아듣는 건 어렵지 않았다.

　"우리가 선을 어디에다가 대야 할지 결정하는 건 어렵지 않군요."

　김 원장은 눈을 반짝였다.

　"우리라고 당하고만 살 수는 없으니까요."

⚖️

　진필규는 상황이 이상하게 돌아가자 이해가 가지 않았다.

갑자기 회사에서 자신을 대상으로 시작된 공격.

그것도 단순한 공격도 아니고, 자신의 치부를 캐면서 집요하게 물어뜯는 행동이 벌어졌다.

물론 자신의 입장을 알기에 언젠가 벌어질 상황인 걸 알고 있었고 그에 대한 대비를 하지 않은 것도 아니었다.

하지만 시기가 이상했다.

"어째서?"

자신에게 온 연락.

뜬금없이 성형외과학회에서 연락이 와 도와주겠다는 소리를 했다.

"뭔가 바뀐 건가?"

진필규는 턱을 문질렀다.

자신은 홀로 두한에 들어왔다. 그리고 오로지 실력으로 여기 이 자리까지 올라왔다.

당연히 기존 회장 일가는 자신을 심하게 견제했다.

지금까지는 그럭저럭 넘겨 왔지만, 그것도 얼마 안 남았다는 것은 알고 있다.

이문소, 그가 자신을 노릴 거라는 것은 당연히 알고 있었으니까.

물론 자신을 그냥 명예롭게 퇴직시키고 노후를 보장해 준다면 그도 무리해서 싸울 생각은 없다.

하지만 문제는 자신의 위치다.

개국공신은 아니지만 실질적으로 두한을 키운 영웅 중 한 명인 그를 따르는 수많은 사람들.

그들은 이문소가 권력을 잡는 데 방해가 된다.

물론 해결 방법이 없는 것은 아니다.

자신이 이문소에 대한 절대적 지지를 표명하면 된다.

하지만 그건 절대 있을 수 없는 일이다.

'그 미친놈을 대표로 둘 수는 없지.'

이문소가 무능한 것은 아니다.

하지만 평생을 가진 자로 살았고, 회사 자체를 이해하지 못한다.

그는 명령에만 익숙하고 책임을 질 줄 모른다.

그 때문에 그를 견제할 수밖에 없었다.

바보가 아닌 이상에야, 그가 대표가 되는 순간 두한의 미래가 어찌 될지 예상하는 건 너무 쉬운 일이니까.

아니, 너그럽게 봐준다면 거기까지는 이해할 수도 있다.

어찌 되었건 이사라는 브레이크들이 있으니까.

진짜 문제는 따로 있다.

이택수. 이문소의 아들.

아직 한참 어리지만, 미성년자를 고문했던 그 미친놈.

'미친 자식들.'

아무리 회사의 권력이 중요하다고 하지만 이택수에게 회사를 넘기려고 하는 행동을 그는 두고 볼 수가 없었다.

이택수는 그야말로 병원에서 진단까지 받은 진짜 미친놈이다.

그리고 실제로 사람도 죽였다.

아직 초등학생밖에 안 된 꼬마가, 고문까지 해 가면서 말이다.

이사라는 브레이크? 외부의 감사?

이택수가 회사를 물려받는 순간 그런 건 아무런 의미가 없다.

당장 그들부터 어디론가 납치되어 고문당하고 살해당할 테니까.

그리고 두한은 이택수가 그러는 걸 감출 수 있는 능력이 있다.

그때가 되면 두한은 더 이상 기업이 아니게 된다.

그저 거대한 살인마 집단이 될 뿐이다.

그리고 이택수의 그 기질이 어디에서 나왔는지, 진필규는 안다.

이건 권력의 욕심 문제가 아니다.

수십 년간 권력의 정점에 서기 위해 싸웠기에 안다.

이문소. 그 미친놈이 권력을 잡는 순간 자신은 '죽는다'.

자신뿐만 아니라 자신의 가족도 죽는다.

사고든 뭐든, 어떻게 해서든 죽일 것이다.

그래야 본인의 권력이 안전하니까.

지지 선언? 그건 의미가 없다.

자신이 지지 선언을 해 봐야, 결국 그가 권력을 잡는다면 자신에게 감사를 할 인간은 아니니까.

"이상주 회장, 결국 선제공격인가?"

얼마 전 검사 한 명이 이상주의 추문 하나를 캐고 있다는 소식은 들었다.

하지만 어차피 묻힐 거라 생각해서 신경 쓰지 않았다.

검사 한 명이 아무리 날고뛰어 봐야 해결할 수 있는 게 아니었으니까.

그런데 그녀가 점점 더 깊이, 그리고 더 핵심으로 접근한다는 이야기가 들려왔다.

'그런데 왜 나한테…… 아니, 당연한가?'

이런 경우에 분명 누군가 책임을 져야 한다.

꼬리를 자르기 위해 가장 좋은 게 누굴까?

다름 아닌 자신이다.

라이벌인 자신을 쳐 내기 위해서, 그뿐만 아니라 동시에 회장 일가는 깨끗하다는 이미지를 만들어야 한다.

그리고 부회장쯤 되는 꼬리라면 사회적으로도 납득할 것이다. 이미지도 나쁘지 않을 테고.

"결국 그렇게 나온다 이거지."

설마 노형진이 바로 자신의 집 앞에서 통화해서 이런 일이 벌어졌을 거라고는 생각하지 못한 진필규는 입술만 깨물 뿐이었다.

"저기, 부회장님."

"응?"

그가 이런저런 고민을 하는 그때 누군가 다가왔다.

집안의 대소사를 담당하는 집사였다.

"무슨 일인가?"

"손님이 왔습니다."

"손님?"

"네."

"누가 이 시간에……?"

현재 시간은 밤 10시 30분.

상식이 있는 사람이라면 사전에 연락도 없이 이 시간에 남의 집에 찾아가지는 않을 것이다.

"홍보석 검사라고 합니다."

"홍보석?"

진필규는 고개를 돌려서 멀리 떨어진 현관을 바라보았다.

그리고 한참을 침묵을 지켰다.

홍보석.

그 사건을 수사하는 사람.

그리고 지금 회장 일가를 노리는 사람.

"그렇단 말이지. 대담하군."

진필규의 얼굴에 미소가 떠올랐다.

그녀가 이 시간에 자신을 찾아온 이유가 뭘까?

그냥 도움을 받으려고?

그럴 리 없다. 일이 이 정도 진행되는 걸 뻔히 아는 여자가 아무 생각 없이, 영장도 없이 올 리 없다.

그것도 전화 한 통 안 하고 말이다.

"선택을 강요하는군."

"선택이라니요?"

"아닐세."

진필규는 그러고도 한참을 침묵을 지켰다.

20분 넘게 사람이 기다리고 있음에도 불구하고 아무런 말을 하지 않는 진필규에게 집사가 물었다.

"돌려보낼까요?"

"아니."

조용히 눈을 감고 있던 진필규가 눈을 떴다.

"들여보내."

"그래도 되겠습니까?"

"그래야지. 저쪽에서 그렇게 나온다면 말이야."

진필규는 마음을 강하게 먹었다.

"이쪽도 대응을 해 줘야지."

⚖️

좀 떨어진 곳에서 홍보석이 진필규의 집으로 들어가는 걸

본 노형진은 살짝 미소 지었다.

"결국 선택을 했군."

"사람 하나 들어가는 게 무슨 선택이야?"

옆에 있던 오광훈은 이해가 가지 않는다는 얼굴이었다.

뜬금없이 홍보석을 데리고 오더니, 안에 들어가서 진지한 이야기를 하라고 했다.

홍보석은 그 말이 뭔지 알아듣고는 얼굴이 사색이 되었지만, 일단은 움직였다.

물론 오광훈은 그게 뭔 말인지 몰랐지만.

"이미 이상주와 이문소는 선택을 했거든."

그들이 보기에는 영락없이 진필규가 함정을 판 것이다. 그러니 그들은 진필규를 쳐 낼 수밖에 없다.

"그리고 진필규도 바보는 아닐 거야. 회사 내 기류가 이상하다는 걸 알겠지."

"그거랑 홍보석이랑 무슨 관계가 있다는 거야?"

"홍보석은 해당 사건을 수사하는 검사야. 위에서 뭐라고 하는데도 불구하고 말이지. 그리고 내가 전에 여기서 통화함으로써 홍보석과 진필규 사이에 무슨 커넥션이 있는 것처럼 만들어 놨어."

"그래서?"

"그런데 여기를 감시하는 놈이 없을까?"

"아하!"

사람이 아니더라도 카메라 하나만 달면 그 집에 누가 들어가는지 확인하는 것은 어렵지 않다.

"그리고 그걸 진필규는 알지."

그가 자신이 감시받는 걸 모를 리 없다.

"그럼에도 불구하고 홍보석을 불러들였어."

그 말은 지금 실권을 잡고 있는 이씨 일가와 전쟁을 하겠다는 의미다.

이미 그들이 먼저, 자신의 손과 발을 자르기 위해 움직이는 걸 알고 있을 테니까.

"만일 여기서 홍보석을 돌려보낸다면? 잠깐은 괜찮을지도 모르지."

하지만 그사이 그의 손과 발은 다 잘릴 테고, 위장 사기 사건에 대해서 독박을 쓰고 감옥에서 평생 살게 될 것이다.

"엄밀하게 말하면 내가 선택을 강요한 거지만."

설사 들여보내 주지 않았다고 해도 찾아왔다는 것 자체가 이씨 일가에게는 위협이 될 테니 결국 그들은 진필규를 공격할 수밖에 없다.

"그러면 이상주와 이문소가 선택할 카드는 하나밖에 남지 않지."

그들은 그 카드를 선택할 수밖에 없다. 그러지 않으면 자신들이 이룩한 모든 것을 다 빼앗길 테니까.

"그 카드가 뭔데?"

"암살."

노형진은 홍보석이 들어간 집을 물끄러미 바라보았다.

"죽은 자는 말이 없다. 이상주가 믿는 절대적 진리지."

자신도 죽이려고 했고, 얼마나 많은 사람들을 죽이려고 했는지도 알 수가 없는 상황.

"그리고 그들이 움직일 거라는 걸 알고 있으니 우리가 먼저 움직이는 건 어려운 게 아니지, 후후후."

선빵인 듯 아닌 듯 한 선빵

"후아……."

홍보석은 입술을 깨물었다.

자신에게 암살 시도가 있을 거라는 이야기는 들었다.

그리고 주변으로 경호원들이 붙었다.

"검찰에 이야기는 해 봤죠?"

"네. 그런데 그런 일은 없을 테니 걱정하지 말라네요."

이미 상부에 자신의 상황을 이야기했음에도 불구하고 검찰 내부에서는 그녀를 보호하기 위한 어떠한 행동도 취하지 않았다.

"한두 번이 아닐 테니까요."

"설마요!"

"설마가 아닙니다."

노형진은 머리를 긁적거렸다.

안 그래도 잔뜩 겁을 먹은 상황에서 이런 이야기까지 해야 하나 싶지만, 그래도 안전을 위해서는 말해 두는 게 좋을 듯했다.

"이상주에게 저항하던 사람들 중에서 사망한 사람이 일곱 명이나 됩니다. 그것도 기록상으로만요. 기록에 없거나 실종된 사람들까지 찾아보면 당연히 더 많겠지요."

홍보석의 얼굴이 딱딱하게 굳었다.

"이해가 안 가요. 아니, 사람이 어떻게 그럴 수가 있죠?"

"사람이라……."

노형진은 '사람'이라는 말에 참 애매한 표정이 되었다.

사람이라는 단어. 그 단어는 말 그대로 인간을 뜻한다.

하지만 인간이라는 종과 사회적 규범 안에 들어오는 사람이라는 존재는 전혀 다르다.

"인간 중에는 자발적 노예가 있지요."

"네? 그게 무슨 말이에요? 자발적 노예라니?"

노형진의 뜬금없는 말에 홍보석은 눈을 찌푸렸다.

변호사가 정면으로 민주주의를 부정하는 말을 하다니.

"세상에 노예가 어디 있어요?"

"법적인 노예가 아닙니다. 자발적으로 노예가 되는 사람들을 말하는 겁니다. 윗사람이 착취해도 그에 수긍하고 인정하고 저항하지 않고, 특정 정당이나 세력을 맹목적으로 지지하고, 올바름과 정의로움을 판단하지 않고 남의 말을 무조건적으로 수용하는 사람들. 전 그들을 자발적 노예라고 표현합니다. 그런 사람이 없나요?"

"그건……."

홍보석은 부정을 못 했다.

분명 그런 사람은 존재한다.

심지어 그들은 가해자에게 범죄를 당하면서도 가해자를 옹호하고 그들을 보호하기 위해 목숨을 건다.

"스톡홀름 신드롬이라고도 하죠."

"그거랑 이번 사건이랑 무슨 관계가 있다는 거죠?"

"성향이라는 것은 유전적인 영향이 강합니다. 물론 배움으로 교정할 수 있지만, 아무리 가르쳐 줘도 기본적인 성향 자체를 바꾸진 못해요. 연구자들 말로는 성향의 60% 이상은 완성된 채로 태어난다고 하지요."

"그건 저도 들었어요. 그런데 그런 이야기는 이번 사건과 관련이 없잖아요?"

"없긴요. 왜 없습니까? 제가 말하고자 하는 건, 이택수라는 존재입니다."

"이택수요? 그 미친놈?"

"네. 정식으로 한 검사에서 사이코패스 진단이 나왔지요."

그것도 10점 만점에 10점 만점이 나왔다.

역대 살인마들 중에서도 최고 등급이다.

"그리고 현대는 사이코패스나 소시오패스일수록 더 높은 곳으로 올라가기 쉽습니다."

남의 도움이 필요한 농경 사회가 아니라 남을 밟고 올라가는 경쟁 사회다.

그렇다 보니 남을 사정없이 밟는 인간일수록, 남을 더 쉽게 배신하는 인간일수록 성공하기 쉽다.

"이택수는 어린 나이임에도 불구하고 최고 등급 사이코패스입니다. 그리고 상당수 사이코패스는 유전이죠."

홍보석은 자신도 모르게 부르르 떨었다.

그랬다. 법적인 부분에서 본다면 개개인의 개별적 사건이며 처벌 대상일 뿐이지만, 확실히 사이코패스는 유전의 영향이 크다.

"하지만 모든 사이코패스가 다 범죄자가 되는 건 아니잖아요."

"그건 그렇지요."

노형진은 고개를 끄덕거렸다.

그건 맞는 말이다.

사실 사람들이 잘 몰라서 그렇지 사이코패스는 생각보다 많다.

경증이나 중증이나 차이를 무시하고 성향만 가지고 분류한다면 인류의 10% 이상이 사이코패스로 분류된다.

그들이 모조리 연쇄살인마가 되었다면 아마 인류는 이미

오래전에 멸종되었을 것이다.

그럼에도 불구하고 그들 대다수가 연쇄살인마가 되지는 않는 이유는 뭘까?

"교육 때문이죠."

어려서부터 인성 교육을 하고 범죄는 나쁜 거라 가르치며 사회적으로 올바른 게 뭔지 알려 주는 교육.

그러한 교육을 받으면서 자라 온 환경이 그들을 사이코패스가 아닌 일반인으로 성장하게 하고, 일부 학자들은 제대로 교육받은 사이코패스들은 도리어 리더십이 강하다고 주장하기도 한다.

교육으로써 본성을 억누르는 것이다.

그리고 그게 인간이 짐승이 아니라 인간일 수 있는 첫 번째 이유이고 말이다.

실제로 교육을 받지 못하고 방치되어 자라는 아이들이 가끔 발견되는데, 그들의 행동은 짐승과 하등 다를 바가 없다.

"그런데 두한에서 그 좋은 교육을 했을까요?"

"하아, 부정을 못 하겠네요."

상대방을 밟고 올라서도록 하는 한국식 교육 구조.

인성보다는 성적과 점수를 기본으로 사람을 판단하는 사회.

거기에다 대기업 재벌가이니 브레이크가 걸릴 수가 없는 집안.

멀쩡한 인간도 그런 상황에서는 미쳐 나가는데 사이코패

스가 거기서 멀쩡할 리 없다.

"아마 이상주도 사이코패스일 겁니다."

이상주뿐만이 아니다.

이문소 역시 유전적 영향을 받아서 사이코패스일 가능성이 높다.

3대에 걸친 사이코패스.

그나마 이상주는 성장하며 사회에 어울렸고, 이문소 역시 어려서부터 사회적 교육을 받았다.

하지만 이택수는 유일한 후계자라는 이유로 금이야 옥이야 자라면서 누구도 범접할 수 없는 황제로 군림했다.

"사이코패스 기질이 일찌감치 발현된 거죠."

"그러면 이택수를 보면, 부모들도 사이코패스일 테니까 저를 죽이는 것도 거리낌이 없겠군요."

"그럴 겁니다."

이미 노형진을 한번 죽이려고 했다.

아무리 대기업이라고 하지만 그건 최후의 수단이다.

심지어 성화조차도 노형진을 죽일 생각을 하기는 했지만 시도는 제대로 해 보지 못했다.

하려고 마음먹었을 때는 노형진이 이미 너무 강한 힘을 가진 것도 있지만, 그만큼 부담이 되는 것이다.

"하지만 두한은 아니었죠."

여러 가지 다른 이유가 있기는 하지만 가장 큰 이유는 자신의 손자를 감옥에 넣었다는 것이다.

그 손자라는 녀석이 미쳐서 어린애들을 고문하고 죽인 걸 알면서도, 그걸 막은 노형진을 죽이려고 했다.

"피해자들에게 감정적으로 동조하지 않는다는 거죠."

전형적인 사이코패스의 생각이다.

"실제로 그 사건의 피해자들에게 두한에서 손해배상을 하지는 않았습니다."

정확하게는 이상주와 이문소가 최소한의 배상을 해 줘야 했다.

관리 책임이 있는 부모니까.

그리고 하루에 술값으로만 수억씩 날려 대는 그들인 만큼 피해자들에게 최소한 돈으로나마 보상을 하는 데에는 전혀 부담이 없을 것이다.

"하지만 그 재판은 아직도 진행 중이죠."

그들은 관리 책임이 없음을 주장하면서 배상을 거부했고, 그 재판은 아직도 진행 중이다.

"공감 능력이 있다면 그럴 수가 없지요."

자식이 실수로 남의 물건 하나를 깨트려도 미안해하면서 물어 주는 게 부모다.

그런데 남의 자식을 고문해서 죽여 놓고 그 최소한의 정신적 치료비조차도 주지 않으려는 인간들이 정상적인 인간이라고 볼 수는 없다.

"암살이라."

홍보석은 입술을 깨물었다.

물론 두렵지 않다고 한다면 거짓말일 것이다.

하지만 그 이상으로 그들을 막아야 한다는 생각이 들었다.

"진필규 부회장이 한 말이 이해가 가네요."

"그러고 보니 거기서 무슨 이야기를 했습니까?"

"깊은 이야기는 하지 않았어요. 예상했던 말이었죠."

자료를 넘기면 자신이 약점을 잡아서 그들을 공격하겠다, 그 대신에 당신을 도와준다는 그런 이야기.

"그런데 그러더군요. 자기는 권력이 가지고 싶어서 싸우는 게 아니라고. 살고 싶어서 싸우는 거라고."

"무슨 뜻인지 알겠네요."

진필규가 부회장이 되었지만, 이상주가 그를 선택한 것은 아니다. 주주총회에서 선택한 것이지.

그리고 자신의 아들의 자리를 위협하는 진필규를 이상주가 좋게 볼 리 없다.

'다른 사람이라면 모르지만 진필규라면 알겠지.'

가장 가까이에서 이상주와 이문소를 봤을 테니 그들이 얼마나 위험한지 알 테고, 살기 위해서라도 싸우려고 할 것이다.

"그러면 제가 뭘 어떻게 해야 하나요? 습격을 어떻게 할까요? 노 변호사님은 습격을 어떻게 막으셨어요?"

"그들은 외국계 암살자를 고용해서 저를 죽이려고 했습니다만, 애석하게도 제가 판 함정에 빠졌죠."

그로 인해 두한은 마피아 쪽에 어마어마한 배상금을 내야 했다.

노형진이 두한이 CIA와 손잡고 마피아를 소탕하려고 한 것처럼 꾸몄기 때문이다.

"그래서 이번에는 그들을 쓰지 못할 겁니다. 이미 외국계 조직에 CIA와 붙어먹었다는 소문이 돌았을 테니까요."

마피아나 야쿠자는 자신의 패밀리를 소중하게 여긴다.

아니, 그렇게 보이려고 노력한다.

더군다나 자신들을 밀고했음이 의심되는 두한과 일하려고 하지 않을 것이다.

"그러면 만만한 건 한국 조직일 겁니다. 두한의 세력은 상상 이상이니까 규모가 작고 저항할 수 없는 한국 조폭은 어쩔 수 없이 두한, 아니 이상주의 명령을 들을 겁니다. 이미 같이 일하는 조직이 있을 가능성도 높고요."

홍보석 검사를 죽여 봐야 최대 10년 형일 테고, 그나마도 거래를 한 검찰에서 최대한 형량을 적게 잡아 줄 테니 더 줄어들 것이다.

"법원과 결탁했으면 중간에 가석방이 될 수도 있고요."

"가석방요? 아무리 그래도 검사를 죽였는데 어떻게 가석방이 돼요?"

"물론 대놓고 칼로 찌르면 불가능하겠지요. 하지만 사고로 처리하는 건 쉬운 일입니다."

그냥 그녀가 출퇴근할 때 트럭 같은 걸로 밀어 버리면 그만이다.

"트럭으로 밀 수도 있고, 아니면 추락사나 독살도 가능하고. 한 5억쯤 준다고 하면 한 10년쯤 살아 준다는 놈이 있을수도 있고요."

"제가 죽을 방법을 듣는 게 결코 기분이 좋지는 않네요."

떨떠름한 표정으로 말하는 홍보석.

"걱정하지 마세요. 그런 일은 없을 겁니다."

"뭘 믿고 그렇게 장담하세요? 누구인지도 모르는데요. 당장 트럭만 해도, 제가 차 사고 무서워서 밖에 안 나갈 수는 없잖아요?"

설사 검찰에서 경호 인력을 배치해 준다고 해도 길어 봐야두 달 정도.

"그 조직이 어디 놈들인지 찾으면 되니까요."

"그게 가능해요?"

"가능하지요. 아마 다른 검사들은 알 겁니다."

"다른 검사들?"

노형진은 싱긋 웃었다.

스타 검사들, 그들은 지금 조용히 뒤에서 이상주와 관련된모든 정보를 캐내고 있었다.

"그리고 그 비밀을 찾아내는 건 어려운 게 아니거든요, 후후후."

⚖️

"성진미래파, 이놈들입니다. 조직원 수는 총 마흔 명. 주로 평택 쪽에서 활동하고, 가지고 있는 나이트클럽이 다섯 개 정도 됩니다."

검사들은 노형진을 실망시키지 않았다.

스타 검사라는 세력으로 처음 움직인 사건.

여기서 실력을 보이지 못하면 지원도 끊어질 테니까.

거기에다 노형진에게 배운 것도 적지 않았다.

"어떻게 찾으신 건가요?"

"살인으로 의심스러웠던 시기에 회장 근처에서 근무하던 사람을 뒤졌습니다. 그리고 한 명을 찾았지요."

물론 그런 사람이 한두 명은 아니다.

이상주는 기업을 물려받은 재벌 2세이고 미래는 당연히 그의 편이었기 때문에, 일찌감치 그를 따르는 사람은 많았다.

"하지만 노 변호사님의 조언대로 급이 안 맞는 사람이 있더군요."

미래의 두한 회장. 그 옆에 있으려고 하는 사람은 한두 명이 아니다.

그런데 그 옆에서 그를 보좌하면서 한자리 차지하려는 사람들에게도 급이라는 게 있을 수밖에 있다.

한국 유수의 대학 출신은 기본이요, 세계적 대학의 유학파.

그런 이들이 목숨을 바쳐서 모시려고 하는 게 두한의 회장 아닌가?

"그런데 이 남자는 고졸입니다. 학교 성적이 좋지도 않았고요. 이상주의 고등학교 후배입니다."

"그리고 현재 자리가 부장급 이상이죠?"

"네, 맞습니다. 말이 안 되더군요."

물론 정 때문에 도움을 줄 수도 있다고 생각할 수는 있다.

하지만 기업은 아니다.

다른 곳도 아니고 대기업에서, 고졸 출신에게, 아무리 회장과 친하다고 해도 부장 자리를 준다?

그런 경우 호의는 계열사 부장 수준까지지 본사 부장은 아니다.

"거기에다 실적도 그다지 좋지 않고요."

공식적으로 그가 속한 곳은 인터넷 이미지 관리실.

쉽게 말해서 인터넷상에서 이미지를 관리하는 부서라는 건데, 홍보실이 따로 있는 상황이라 업무가 겹치는 데다 상식적으로 인터넷에 댓글을 다는 간단한 작업을 하는 곳의 지휘자가 부장급의 고위 관리일 필요는 없다.

"그리고 그 조직에 속한 사람들은 대부분 학벌이 낮을 테고요."

"정확하게 아시네요."

"뭐, 뻔하니까요."

많은 대기업들이 그런 사람들을 고용해서 더러운 일을 맡긴다.

자르기도 편하고, 그들은 자기 자리를 지키기 위해 뭐든 하려고 하니까.

사회적으로 실패자 취급을 받던 사람들에게 대기업 본사 직원이라는 타이틀은 어마어마한 혜택이다.

'심지어 대룡도 그러는데 뭘.'

물론 범죄를 저지르는 건 아니지만, 대룡 내부의 댓글 관리 팀이 계속 인터넷상에 대룡에 관련된 부정적 댓글을 삭제 요청하고 비상시 대룡을 옹호하는 댓글을 쓴다.

"그리고 성진미래파는 그 남자와 친하더군요."

"성진미래파가 돈을 어디서 벌었는지 증명할 수도 없을 테고요."

의심스러운 살인을 하는 놈이, 그것도 대기업 총수가 자신이 직접 움직일 리는 없다.

누군가 더러운 일을 대신할 테고, 일반적으로 그런 존재는 항시 주변에 두지만 아주 높은 계급은 아니다.

딱 부장급이 그 정도다.

"거기에다 40인 규모의 조폭이 나이트클럽을 다섯 개나 가지고 있다는 건 상식적으로 말이 안 되지요."

노형진은 보고를 받으며 말했다.

나이트클럽 하나 오픈하는 데 드는 돈은 10억, 20억 정도가 아니다.

아무리 평택 지역이 다른 지역보다 땅값이 싸다고 해도 말이다.

더군다나 조직원이 고작 마흔 명이다.

그런 조직이 운영하는 나이트클럽이라면, 다른 조폭들이 그걸 집어삼키기 위해 달려들 수밖에 없다.

"하지만 그런 경우 경찰이 보호해 줄 테고요."

"맞습니다."

그런 거라면 세력을 늘릴 이유가 없다.

세력을 늘린다는 것은 모두의 시선을 받는다는 의미니까.

"그리고 나이트클럽의 수익 역시 감추기 쉬운 돈이니까……."

쉽게 말해서 성진미래파는 이상주의 칼임과 동시에 일종의 비자금 창구인 셈이다.

"하지만 그들 중에서 누가 움직일지 그건 확실하지 않습니다. 그렇다고 저희가 감시를 다 할 수도 없는 노릇이고."

마흔 명의 명단은 이미 알아냈다.

경찰은 보통 지역 조폭들의 명단과 신분을 확인하고 있으니 검찰이 그걸 달라고 하면 대부분 군말하지 않고 내준다.

"이들이란 말이죠."

노형진은 그 명단을 꺼내서 스윽 살폈다.

그러다가 오광훈을 바라보았다.

"오 검사, 오 검사가 한번 골라 보지?"

"내가?"

"그래. 검사로서가 아니라, 네 조직원이라면 누구를 고를까 하는 그런 생각을 하면서 골라 봐."

노형진이 조용히 있던 오광훈에게 사진을 건네자 그는 노형진이 뭘 원하는지 바로 알아차렸다.

그는 과거, 조폭의 보스였다.

그러니 이런 경우 누구를 고를지 그들 입장에서 생각할 수 있다.

"어디 보자."

오광훈은 사진과 이름, 간략한 신상명세를 읽기 시작하더니 몇 개를 빼냈다.

"이 새끼들은 너무 어려."

"어려서 문제인가요?"

다른 검사는 고개를 갸웃했다.

나이는 범죄를 저지르는 데 아무런 의미가 없다고 생각했으니까.

하지만 오광훈은 다르게 생각했다.

"너무 어린 애들은 몸빵이지 칼잡이가 아닙니다."

"네? 그게 뭐죠?"

"쉽게 말해서 대신 칼 맞고 자빠지는 역할이지 공격에는 못 써먹어요. 경험이 없거든요."

누군가를 죽이려고 한다면 주저해서는 안 된다.

하지만 어린애들은 그게 안 된다.

경험이 없다 보니 주저할 수밖에 없다.

그리고 앞이 창창한 나이다 보니 그걸 가지고 쥐고 흔들면 혹해서 입을 여는 경우도 많다.

"이런 놈들은 대부분 집에서 나온 새끼들이죠. 아마 가족과 사이가 별로 안 좋을 겁니다."

어린 나이에 조폭이 된다는 것.

그건 정상적인 집안 놈은 아니라는 의미니까.

"반대로 말하면 입을 나불거리지 못하게 막을 수 있는 대상이 없다는 거죠."

그러면서 남은 사진을 쭉 폈다.

"그에 반해서 이놈들은 결혼해서 가족이 있지요. 아니면 부모님을 모시고 사는, 나이가 좀 찬 놈들이든가. 즉, 감방에 들어간 후에도 바깥의 가족 때문에 입을 못 열 거라는 거죠. 물론 가족을 챙겨 줘야 한다는 조건이 붙을 테지만, 뭐 두한의 후원을 받는 조직이라면 그게 어려운 일은 아닐 테니까요."

"아······."

새로운 관점이었기 때문에 다들 오광훈을 대단하다는 듯 바라보았다.

물론 오광훈 입장에서는 과거에 흔하게 하던 생각을 말한 것뿐이지만.

"그리고 이쪽은 나이가 너무 많네요."

　말과 함께 몇몇 사진을 골라내는 오광훈.

"이 나이쯤 되고서도 이 바닥에 붙어 있다면 계열 내에서도 상당한 위쪽이라는 건데, 그런 놈이 직접 움직일 가능성은 낮아요."

　그리고 남은 사진을 보면서 또다시 몇 개를 골라내서 배제시켰다.

"이놈들은 감옥 생활을 해 본 경험이 없어요."

"그게 문제인가요?"

"감옥이라는 건 두려운 곳이니까요. 뭐, 막상 가 보면 별거 없지만."

　하지만 처음으로 감옥에 간 놈들은 낯선 환경 때문에 잔뜩 겁을 먹게 된다.

"인간은 아는 것에는 겁을 먹지 않는다 이건가?"

　노형진의 말에 오광훈은 고개를 끄덕거렸다.

"맞아. 하지만 안 가 본 놈들은 감옥이라고 하면 무슨 북한 아오지 탄광쯤 생각할 수도 있거든. 그래서 큰 건을 맡기려면 짧게라도 다녀온 놈을 선호하지. 경험이 있어서 필요 이상으로 겁내지 않거든. 영화처럼 '네가 나 대신 큰일 좀 해 줘야 쓰겠다.'라며 칼 던져 주면, 경험 없는 새끼들은 태반이 바로 튀어 버려."

그런 식으로 몇 가지 성향을 기준으로 골라내기 시작하자 금방 범위가 좁혀졌다.

"이놈들은 무면허네. 튀기 힘들어. 같이 움직이는 놈들이 있으면 같이 엮일 수도 있으니 혼자 움직일 거야. 이놈들은 키가 너무 큰데? 이래서는 너무 눈에 띄지."

몇 개씩 골라내고 나자 남은 사람은 두 명이었다.

"나라면 이 둘 중 한 명을 쓸 거야."

한 명은 증명사진만 놓고 보면 허술하게 웃는, 좋은 사람 같았다.

하지만 그의 전과는 그렇지 않았다.

폭력 전과 3범에 교도소에 있던 기간만 3년.

결혼을 했지만 이혼한 상태였다.

"이런 얼굴이면 사람 속이기도 쉽고 접근하기도 쉽지. 이혼하기는 했지만 자식이 있으니까 통제하기도 쉽고. 거기에다 폭력 전과 3범에 교도소만 세 번을 들락날락한 놈이면 교도소가 무서울 리 없으니까."

그렇게 말하던 오광훈은 다른 한 명을 물끄러미 바라보았다.

"하지만 굳이 둘 중 하나를 고르라고 하면 난 이놈을 고르겠어."

"어째서?"

다른 사진 속의 남자는 미소를 지으면서 서 있었다.

그의 손에 들려 있는 것은 오토바이 헬멧이었고, 그 뒤에 있는 것은 오토바이였다.

"이 새끼, 오토바이광이잖아. 아마 실력도 제법 나쁘지 않겠지."

"그래서요?"

"경찰은 기본적으로 차량을 추적하니까요."

오광훈은 얼굴을 긁적거렸다.

"오토바이 경찰이 있기는 하지만 사실 그 애들, 의전용이죠. 뭐, 실무에서 부딪치는 경우는 드무니까요. 만일 사고 치고 튄다고 하면 오토바이가 짱이죠."

작고 빠르며 골목골목을 다 다닐 수 있다.

거기에다가 헬멧을 쓰고 다니기 때문에 얼굴도 가릴 수 있고 말이다.

"작은 골목으로 돌면 경찰들은 발로 뛰어야 하니 추적은 물 건너가는 거고, 제대로 혼선을 주려면 같은 모델의 오토바이 몇 개 쓰리…… 아니, 훔쳐서 대기시켰다가 골목에서 한꺼번에 튀어 나가게 하면 뭐……."

어깨를 으쓱하는 오광훈.

노형진은 그 모습을 보고 속으로 피식 웃었다.

'저 새끼 저거, 써먹어 봤네.'

하지만 그의 말이 틀린 것은 아니다.

만일 경찰의 시선에서 벗어난 상황에서 CCTV 사각에서 같은 오토바이가 한꺼번에 튀어나오면 어떤 오토바이가 범인인지 경찰은 알 수가 없다.

오토바이도 번호판이 있지만 그걸 바꾸는 건 어려운 일도 아니거니와, 훔친 거라면 그 번호판은 아무런 의미도 없다. 오토바이는 상당히 흔하게 절도가 벌어지는 제품이니까 말이다.

만일 살인을 행한 놈이 거기서 오토바이를 버리고 걸어서 유유히 벗어나면 경찰은 엉뚱한 사람을 잡아가는 거니, 그들이 한패라는 걸 증명할 수 없는 이상 그들 역시 기껏해야 오토바이 절도로나 처벌받지 제대로 된 처벌은 받지 않는다.

"하지만 성향으로 봐서는 이놈이 더 위험하지 싶은데요?"

다른 검사 한 명이 고개를 갸웃하면서 아까의 사진을 내밀었다.

처음 본 놈은 전과 3범이다.

그에 반해 후자는 전과 1범, 그것도 폭행으로 6개월이다.

"그래서 더 안 됩니다."

오광훈은 다른 검사들의 말에 부정적으로 답했다.

"이런 일을 할 때 중요한 건 그놈이 보스 말을 얼마나 잘 따르냐 하는 거거든요. 그런데 이놈은 폭력 전과가 3범입니다. 상식적으로 그렇게 단기간 내에 일을 계속 맡기지는 않습니다."

"그게 무슨 말이죠?"

"보스가 통제하지 못한다는 거죠."

죄가 많아질수록 처벌의 강도는 점점 높아진다.

그런데 전자는 폭력만 3범이다.

사건 내용을 보면 술에 취해서 주변인을 폭행한 거다.

"취해서 폭행한다는 건, 취하면 자기가 뭔 짓을 하는지도 모른다는 거죠."

즉, 취해서 자기 비밀을 까발릴 수도 있다는 거다.

"하지만 뒤에 있는 놈은 전과 1범일 뿐이에요."

사건 기록에 따르면 그는 관리하던 나이트클럽에 온 손님과 싸운 것으로 되어 있다.

"보통 나이트에서는 직접 손을 대지 않죠."

그냥 기도를 통해 붙잡고 진정시키면서 경찰을 부르는 걸로 처리한다.

거기에다 경찰의 비호를 받는 조직이라면 더더욱 그런다.

"그럼에도 폭행을 했다는 건, 아마 그 손님이 꼭 한번 손을 봐줘야 했을 놈일 가능성이 높습니다."

그래서 총대를 메고 폭행을 한 것이다.

"내가 봐도 그런 것 같네."

"어째서요?"

"주취에 의한 감경이라는 게 있죠. 술에 취해서 범죄를 저지르면 한국은 유독 선처를 해 주거든요."

거기에다 그런 문제를 일으키는 놈이 술에 취해서 그런 거라면 더더욱 경찰이 보호를 해 준다.

그런데 폭행으로 징역 6개월? 좀 많이 나온 편이다.

거기에다 초범이 반성한다는 말까지 다 적혀 있는데 말이다.

"그 자칭 피해자에 대한 기록은 없나요?"

"잠시만요."

피해자에 대해서는 알아본 게 없었기에 그걸 조사했던 검사는 나가서 누군가와 통화를 하더니 얼마 지나지 않아서 다시 들어왔다.

"그 지역 유지 아들이랍니다. 그런데 나이트에서 몇 번 물뽕을 쓰다가 걸렸다는군요."

"뭔 뜻인지 알겠네요."

그걸 신고하자니 나이트클럽 측이 지역 유지 아들과 같이 조사 대상이 되어 버린다.

하지만 그렇다고 그대로 둘 수도 없다.

물뽕 이야기가 새어 나가면 나이트가 망하는 탓이다.

"두한의 비자금 통로라면 더더욱 그렇게 둘 수는 없지요."

아마도 그곳을 통해 돈세탁을 하고 있을 테니까.

"그렇다고 두한이 직접 나서면 또 상황이 그러니까……."

결국 누군가 나서서 손 좀 봐 줘야 한다는 거다.

"단순 폭행 사건은 나이트에서 큰 문제가 되지 않으니까."

대충 상황이 이해가 간 다른 검사들은 고개를 끄덕거렸다.

"그러면 암살은 어떤 방식으로 할까요?"

"아마도 오토바이를 통한 퍽치기겠지요."

기껏 오토바이를 잘 타는 인간을 골라 두고 자동차를 이용할 리는 없다.

일단 자동차라는 것 자체가 아무래도 도주가 쉽지 않다.

자동차가 다닐 수 있는 도로에는 거의 대부분 CCTV가 있으니까.

하지만 작은 뒷골목에는 CCTV가 그다지 많지 않다.

어쭙잖은 실력이라면 제대로 공격하는 건 불가능하지만, 운전 실력이 뛰어난 인간이라면 오토바이에 탄 채 표적의 뒤통수를 가격할 수 있다.

그냥 때리는 것도 위험한데 오토바이를 몰고 가며 가속도까지 합해서 공격하면 그 피해자는 당연히 죽는다.

"그러면 장소를 특정할 수도 있겠군요."

"주변에 작은 도로가 많고 도주가 쉬운 곳을 고를 테죠. 일반 동선 중에서요."

"그런 곳이 어디 있을까요?"

"그건 홍보석 검사가 잘 알 겁니다."

그들은 분명 홍보석 검사의 동선을 노릴 테니까.

"그리고 그들을 잡으면 아마 진필규에게는 아주 큰 선물이 되겠군요. 후후후."

홍보석이 의심스러워하는 곳은 자신이 사는 동네였다.

"저는 서울 출신이 아니라서요."

서울 출신이 아니기에 그녀는 혼자서 자취를 해야 했는데, 그녀가 사는 곳은 집세가 그다지 비싸지 않은, 골목이 많은 낙후된 도심지였다.

골목도 많고 오토바이도 많이 다니는 그런 곳 말이다.

"소방 도로 정비가 잘되어 있군요. 하지만 자동차는 달리기 힘들겠어요."

사방에 가득한 불법 주정차 차량들.

이런 도로에서는 달리기가 쉽지 않다.

공간도 좁은 데다가 추격전 중에 차량이 파손되면 한국에서는 경찰에게 책임을 미루기 때문이다.

"카메라도 많지 않고."

물론 곳곳에 카메라가 있기는 하다.

하지만 고해상도 카메라도 아니고, 다수의 오토바이가 튀어나오면 구분할 수 있는 방법도 없는 동네였다.

"암살을 실행하기에는 최적이네요."

"너무한 거 아니에요? 표적이 된 제 입장도 생각해 주세요."

노형진은 씩 웃었다. 그녀 입장에서는 어이가 없으리라.

"물론 표적이 되면 그렇겠지요. 하지만 그 전에 우리가 먼저 선빵 칠 겁니다."

"네? 선빵이라니요? 설마 두한을 공격하겠다는 말씀이세요?"

"아니요. 홍보석 검사님을 공격할 겁니다."

그 말을 들은 홍보석의 얼굴이 핼쑥해졌다.

⚖️

"중요한 증거라는 게 뭔가?"

진필규는 진지한 얼굴로 물었다.

홍보석이 자신을 불렀다.

일개 평검사가 자신을 부른다는 건 상상도 못 할 일이지만, 올 수밖에 없었다.

"죄송해요. 하지만 제가 직접 갈 수가 없었어요."

"무슨 뜻인지 아네."

회사뿐만 아니라 집까지, 모든 곳에 회장 일파의 시선이 깔려 있다.

비밀리에 만나야 하는데 그게 쉽지 않다.

그렇다면 차라리 자신이 움직이는 게 훨씬 낫다.

누구도 모르는 장소에서 만날 수 없다면, 차라리 공개된 장소에서 만나면 접근이 쉽지 않으니까.

가령 이런 작은 커피숍 같은 곳 말이다.

손님은 고작 네 명뿐.

그마저도 두 명은 그와 홍보석이고 다른 두 명은 그의 경호원이다.

랜덤하게 고른 커피숍이니 주인이 포섭되거나 감시 장치

가 있을 리 없다.

"성진미래파라고 아세요?"

진필규의 얼굴이 살짝 흔들렸다.

아주 미세했지만, 사전에 이야기를 들은 홍보석은 그게 무슨 뜻인지 알 수 있었다.

'안다는 거네.'

성진미래파가 죽인 인물은 이상주의 적도 있지만 두한의 적도 있다.

물론 직접적으로 명령을 내리거나 한 건 아닐지라도, 부회장쯤 되는 진필규가 그걸 모를 리 없다.

"잘 모르겠는데. 그들이 누구인데?"

진필규는 모르는 척 되물었다.

그리고 홍보석은 아까 얼굴을 못 본 척 느긋하게 말했다.

"평택 지역에서 활동하는 폭력 조직이에요. 아무래도 이 조직이 이상주의 칼인 것 같아요."

"칼?"

"네. 몇몇 의심스러운 살인 사건이 있었는데 그게 이상주가 저지른 일인 것 같거든요. 그런데 그걸 실행한 게 그들로 추정돼요."

"으음……."

"그리고 동시에 두한의 자금 세탁 업소이기도 한 것 같고요. 규모에 비해 너무 큰 나이트클럽을 가지고 있거든요. 그것도 다섯 개나. 보통 그런 경우는 다른 폭력 조직이 덤비는데 그들도 다 정리되는 걸 보니, 경찰도 비호하는 것 같아요."

"그런가?"

"네. 저쪽에서는 막혔으니 부회장님 쪽에서 좀 털어 주셨으면 해요."

"음…… 그러지."

진필규는 고개를 끄덕거렸다.

하지만 그 눈빛을 보면 하지 않을 거라는 걸 알 수 있었다.

비록 적이라고 하지만 진필규와 이상주는 부회장과 회장으로, 기업의 더러운 비밀을 공유하고 있는 사이다.

아무리 싸움이라지만 공동의 비밀을 건드리지는 않을 것이다.

'그건 상관없지.'

홍보석은 그렇게 생각하며 몇 가지 이야기를 더 한 뒤 자리에서 일어났다.

어차피 길게 이야기할 것은 아니다.

진필규도 길게 이야기를 할 시간이 없고.

진필규는 홍보석과 함께 자리에서 일어나며 그녀에게 당부하듯 말했다.

"그쪽은 내가 알아서 하지. 그러니까 안전을 위해서라도 그쪽은 당분간 건들지 말게."

"네."

홍보석은 그렇게 답한 뒤 가게 문을 나섰다.

잔뜩 예민해지는 귀, 그리고 저 멀리에서 들려오는 오토바이 소리.

부아아앙!

엄청난 가속을 하면서 달려오는 오토바이.

홍보석은 고개를 돌려서 오토바이가 오는 쪽을 바라보았다.

그리고 오토바이를 탄 사람이 한 손에 뭔가를 들고 있는 것을 발견했다.

"위험해요!"

홍보석은 고개를 숙이며 옆에 있던 진필규를 바로 바닥으로 쓰러트렸다.

아슬아슬하게 진필규의 머리를 스치고 지나가는 쇠 파이프.

땅!

그렇게 스치고 지나간 쇠 파이프는 옆에 있던 가로수에 박히면서 움푹한 자국을 남겼다.

부아앙!

오토바이를 몰던 사람은 당황한 듯 잠깐 주춤했지만, 이내 속도를 올려서 급히 달려가기 시작했다.

부아아앙!

"저, 저……!"

진필규는 그걸 보고 눈을 크게 떴다.

저런 스타일로 움직이는 사람을 아니까.

홍보석이야 정확하게 모르겠지만.

그리고 그가 자신을 노리는 이유는 하나뿐이다.

'이상주, 결국 선을 넘고야 말았구나.'

돈을 가지고 싸우는 거야 적당한 협상을 하면 끝낼 수 있다.

하지만 돈이 아니라 목숨을 노렸다.

"당장 경찰을 불러요!"

홍보석은 다급하게 경찰을 불렀다.

하지만 이미 오토바이는 무서운 속도로 골목으로 사라졌다.

"괜찮으십니까!"

"부회장님!"

다급하게 다가온 경호원들이 그를 일으킨 뒤 허둥지둥 차에 태웠다.

그러자 운전기사는 급박하게 액셀을 밟고 현장을 빠져나갔다.

"부회장님, 괜찮으십니까?"

"괜찮아. 괜찮아."

입으로는 괜찮다고 말하고 있지만 사실 진필규는 조금도 괜찮지 않았다.

홍보석이 그를 당기지 않았다면 머리가 수박 터지듯이 터져 나갔을 테니까.

"홍 검사! 홍 검사는?"

"아……."

다들 아차 싶었다.

홍보석을 남겨 두고 왔던 것이다.

진필규는 다급하게 홍보석에게 전화했다. 잠시 후 전화기 너머에서 그녀의 목소리가 들려왔다.

－전 괜찮아요. 아무래도 부회장님을 노린 것 같아요.

"그런 것 같네. 덕분에 살았어."

－일단 여기로 경찰이 오면 사건 지휘를 해야 하니 이만 끊을게요.

"알았네."

홍보석이 전화를 끊자 진필규의 눈에서는 불이 활활 타올랐다.

"그래, 어디 한번 둘 중 한 명 죽을 때까지 싸워 보자."

"습격을 우리가 한다라."

오광훈은 혀를 내둘렀다.

그들의 방식을 알아낸 후에 같은 방식으로 먼저 습격을 한다.

그리고 그 대상은 홍보석이 아니라 진필규 부회장이었다.

"진필규 부회장이 습격을 당하고도 가만히 있을 사람은 아니지."

노형진은 느긋하게 말했다.

진필규 역시 그들이 누군지 알 테니까.

"그리고 진필규는 그들을 가만둘 수도 없을 거야."

이번이 처음이지만 두 번째는 없으리라는 법은 없다.

더군다나 그의 가족은 경호원조차도 없다.

"진필규 입장에서는 그들을 잡아넣을 수밖에 없지."

"그렇게 되면 홍보석은 안전해진다 이거군."

"그래."

이상주가 다른 조직을 쓰기에는 위험부담이 너무 많아진다.

진필규라는 강력한 적이 생겼으니 그 정보가 넘어갈 수도 있으니까.

"거기에다 이 사건은 언론에 나갈 거거든."

이미 주변 경찰서에 기자들을 배치했고 '진필규 두한 부회장 피습'이라는 뉴스로 나갈 것이다.

"아마 나라가 떠들썩해지겠지."

그 상황에서 성진미래파가 움직일 수는 없다.

"그리고 이쯤에서 우리도 내부 정리를 해야지."

노형진은 스타 검사들에게서 받은 자료를 꺼냈다.

"그건?"

"그동안 스타 검사들이 조사한 자료들이야. 누가 이상주 파인지, 누구에게 어떤 약점이 있는지, 어떤 검사가 어떤 죄를 저질렀는지 등등이 정리된."

"그런데 그걸 가지고 간다고 해서 검찰이 처리할까? 내가 이 바닥에 오래 있었던 건 아니지만, 겪어 본 바에 의하면 폭력 조직이랑 별반 다를 거 없던데."

오광훈의 말에 노형진은 고개를 끄덕거렸다.

팔이 안으로 굽는다. 그건 현실이다.

아무리 스타 검사가 세력이 좀 늘었다고 해도 기존 세력에 비해서는 부족한 것이 사실이다.

당연히 싸움을 하기에는 부족하다.

애초에 이건 검찰에서 무조건 덮어 버린다고 봐야 한다.

그래서 노형진도 이 서류에 대한 정보를 검찰에 넘길 생각은 없었다.

"검찰에 안 넘겨."

"뭐? 그러면 누구한테 넘길 건데?"

"진필규에게 넘길 거야."

"어째서?"

"말했잖아, 이 안에는 누가 이상주파인지 적혀 있다고. 그렇다면 그걸 안 진필규는 어떻게 할까?"

"아…….."

어떻게 해서든 그들을 쫓아내든가 아니면 자신의 편으로 바꿔서 채워 넣으려고 할 것이다.

검찰 입장에서는 곤혹스러울 수밖에 없다.

두한의 싸움에 끼어 버린 셈이니까.

"그렇다고 그냥 넘어갈 수도 없지."

다른 사람도 아니고 두한의 부회장이 암습을 당했다.

조사를 하면 당연히 성진미래파가 나온다.

자신들과 똑같은 과정을 거칠 테니까.

"검찰은 이 사건을 하면서 갈라서겠지."

누군가는 부회장파로, 누군가는 회장파로 말이다.

"그리고 그들이 싸우는 게 우리에게는 기회야."

이쪽 세력을 키울 수 있고 그사이에서 이득도 챙길 수 있다.

지금까지 모은 비리를 반대파에 조금씩 흘리면 그들이 알아서 쳐 낼 것이다.

"와, 진짜 독한 새끼. 넌 돌에서도 물을 짜서 마실 놈이야."

두한만으로는 부족해서 검찰도 내전을 시작할 수밖에 없는 상황. 하지만 어느 쪽이 이기든 검찰 내부의 부정 세력은 대부분 모가지가 날아갈 수밖에 없다.

"돌에서 물이 나오면 당연히 짜 마셔야지."

노형진은 싱글거리면서 웃었다.

"그리고 피해자들에게 돈을 돌려줄 수 있다면, 기꺼이 짜 내겠어."

⚖️

조오수는 자신에게 온 전화에 정신이 아득해졌다.

자신의 상관이었던 남자의 전화.

－당분간은 해외로 튀든 뭘 하든, 절대 나타나지 마.

　자세한 이야기도 없이 다급하게 끊어진 전화.

　조오수는 일이 틀어졌다는 사실을 알아차렸다.

　"젠장! 젠장!"

　그는 다급하게 짐을 싸면서 입술을 깨물었다.

　사실 무슨 일이 벌어졌는지 예상하는 건 어렵지 않다. 그에게도 회사 내부에 선이 아예 없지는 않으니까.

　문제는 그는 철저하게 회장파라는 거다.

　이제 와서 부회장에게 붙을 수는 없다.

　그건 자신이 감옥에 가야 한다는 의미니까.

　"여보, 무슨 일이에요? 아니, 이 새벽에 어디를 가려고요?"

　"별일 아니야. 나 급하게 해외 출장을 가야 하니까, 그렇게 알고 있어."

　"네? 지금요? 아니, 지금 새벽 2시예요."

　"출장이라고, 출장! 내 말 못 알아들어?"

　"아니, 말이 안 되잖아요! 무슨 출장을 이런 새벽에 가요?"

　"시끄러워! 내가 나가서 연락할게. 그리고 여기 집이랑 다 내놔. 여차하면 해외 지사로 발령받을지도 모르니까."

　"네? 이해가 안 가는데, 지금 그게 무슨 말이에요?"

　"제발 입 좀 닥치고 내 말대로 해!"

　조오수는 아내에게 온갖 지랄을 다 하고는 다급하게 바깥으로 튀어나왔다.

그리고 차를 끌고 공항으로 향했다.

일단 어느 나라를 가든 최대한 빠른 표를 끊어서 한국을 떠야 했으니까.

그 순간 자신을 지켜보는 사람이 있을 거라고는, 그는 상상도 하지 못했다.

⚖

"영장이라는 건 결국 개인에 대한 거죠."

노형진은 으쓱하며 말했다.

"개인에 대한 영장을 청구하고 그게 허가가 나야 할 경우가 많죠."

노형진은 시계를 바라보았다. 이미 보고는 받았다.

"특히 전혀 새로운 사람을 체포하려면 새로운 영장이 필요하죠."

노형진은 살짝 웃었다.

이번 사건의 주범은 허오중이다.

그러나 진짜 허오중은 신분을 팔았고, 조오수는 그걸 가지고 자신이 허오중인 것처럼 행동했다.

"그런데 여기서 문제가 생기죠. 허오중이 신분을 판 걸 우리가 모른다면? 어떻게 될까요?"

노형진은 홍보석을 보며 말했다.

허오중을 현장에서 체포했지만, 어째서인지 그 사건은 다른 사람에게 배당되었다.

당연히 그 신분 판매 건도 흐지부지되어 가고 있다.

"애초에 진짜 허오중을 잡았다고 해도 그 사건과 연관 지을 수는 없기는 하고요."

긴 한숨을 쉬는 홍보석.

사실 조오수를 잡을 수 없다고 생각했다.

조오수에 대한 영장은 나오지 않을 테니까.

당연히 조오수의 출국을 막을 방법도 존재하지 않는다.

그래서 못 잡을 거라 생각했다.

"하지만 우리에게는 허오중의 영장이 있지요."

아직 정식으로 집행되지 않은 영장 말이다.

"진짜 허오중은 잡았지만, 누가 봐도 별개의 인간이니까요."

외모도 다르고 키도 다르고 장애까지 있다.

그러니 그 영장이 제대로 진행된 것이라 보기는 힘들다.

"그리고 이미 나온 영장에서 일부 변동하는 것은 검사의 권한이죠."

영장은 일신의 구속을 하는 게 목적이다.

그런데 그 사람이 모습을 바꿀 때마다 영장을 따로 청구할 수는 없다.

머리를 자른다든가, 선글라스를 쓴다든가, 수염을 기른다든가. 사소한 모든 변화에 따라 다 영장을 청구하기에는 변수가 많다.

그래서 영장은 발부 당시 외모를 기준으로 사진이 제작된다.

"그리고 일부 성형 사실은 이미 입증되었죠."

성형을 했던 의사가 수술을 한 부위를 알려 줬으니 그 사진을 그에 맞게 수정하는 것은 어려운 일이 아니었다.

"그런 경우에는 체포가 어렵지 않지요."

공항 입구로 들어오는 한 대의 차량.

차량에서 다급하게 내린 조오수는 제대로 챙기지 못한 캐리어를 덜덜 끌면서 공항 내부로 들어갔다.

어떤 나라로든 일단 떠나기 위해서다.

"가 볼까요?"

노형진이 말하자 홍보석은 옆자리에서 일어나서 바깥으로 나갔다.

그리고 무전기로 몇 마디 말을 하자 주변에서 사람들이 그에게 몰려가기 시작했다.

아무것도 모르는 조오수는 다급하게 표를 구하고 있었다.

"가장 빨리 출발하는 비행기표 한 장 주세요!"

"네? 가장 빨리 출발하는 비행기 말씀이십니까? 30분 후에 제주도로 가는 비행기가 있습니다만."

"아니, 국내 말고 국외로! 해외로 가는 거!"

"그거라면 50분 후에 독일로 가는 비행기가 있습니다."

"그걸로 하나 주세요."

직원은 당황스러운 얼굴이 되었다.

제주도도 아니고 해외다. 그런데 갑자기 무조건 달라고 한다니?

해외에 가기 위해서는 여권만 필요한 게 아니다.

비자도 필요하다.

보통 급한 손님들이라 해도 특정 국가로 가는 가장 빠른 비행기를 찾지 해외로 나가는 아무 비행기나 찾지는 않는다.

"저기, 잠시만요."

이상하기는 하지만 그렇다고 그를 잡을 수도 없는 상황.

항공사 직원들이 신분증을 받아서 확인했지만 문제는 없었다.

수배가 걸린 건 허오중이지 조오수가 아니니까.

"잠시만 기다리시면 발권해 드리겠습니다."

"빨리! 빨리 서둘러요!"

조오수는 주변을 두리번거렸다.

그러다가 아차 싶었다.

자신에게 다가오는 사람들을 발견한 것이다.

"젠장!"

"어? 잠깐만요, 손님! 카드 가지고 가셔야지요!"

다급하게 자리를 피하려던 조오수는 누군가 자신을 가로막자 고개를 들어서 그를 바라보았다.

"허오중?"

"무슨 말씀이십니까? 저는 그런 사람 모릅니다."

"'그런 사람 모릅니다.'가 아니라, 그게 누구냐고 물어봐야지."

오광훈은 히죽 웃으면서 품에서 뭔가를 꺼냈다.

"맞네. 허오중이 조오수라는 사람의 신분을 사칭해서 출국한다고 하더니만."

"뭐…… 뭐라고? 무슨 소리야! 사칭이라니!"

자신은 조오수가 맞다. 그런데 사칭이라니?

"여기 신분증 안 보여? 난 조오수라고!"

"그러니까 비슷한 얼굴을 가지고 있는 조오수의 신분증을 도용해서 허오중이 출국한다고 정보가 들어와서 말이지."

"아니, 난……."

조오수는 당황했다.

신분증 사칭. 그걸로 자신이 잡힐 줄은 몰랐다.

"나 진짜 조오수라니까! 나 지금 나가야 하는데!"

"그건 힘들 것 같네요, 허오중 씨."

뒤늦게 도착한 홍보석이 조오수를 바라보며 차갑게 말했다.

공식적으로 그는 허오중이니까 그렇게 체포해야 한다.

엄밀하게 말하면 조오수의 영장은 나오지 않았으니까.

"사진을 보면 당신이 맞아요. 거기에다 당신의 얼굴을 일부 고쳐 준 성형외과 의사의 진술이 있었고요."

조오수는 얼굴이 사색이 되었다.

설마 수사가 거기까지 진행되었을 거라고는 생각도 못 했으니까.

"허오중 씨, 당신을 사기죄로 체포합니다."

영장을 들이밀면서 조오수를 체포하는 홍보석.

"과연 이 이후에 무슨 일이 생길지 궁금해지네요."

조오수는 완전히 새파랗게 질린 얼굴로 주변을 둘러보았다.

도망갈 곳은 없었고, 그의 미래는 어느 때보다 캄캄했다.

⚖️

"이제는 끝날 거라 생각했는데. 이건 정말 생각도 못 했는데?"

조오수를 부회장인 진필규에게 넘겨주는 건 어렵지 않았다.

홍보석이 그를 체포하면 모든 것은 진필규에게 넘어가니까.

하지만 생각지 못한 것은 다른 이사의 죽음이었다.

─제가 이번 사건의 주범입니다. 제가 모든 책임을 지고 죽음으로 사죄하겠습니다.

전혀 엉뚱한 사람이 죽었다.

두한의 이사 중 한 명이었다.

그는 유서를 쓰고 죽었다. 자신이 주범이라며.

그리고 조오수도 갑자기 그에게 명령을 받았다고 주장하기 시작했다.

이것이 법이다

물론 틀린 말은 아니다.

마지막 순간에 통화한 게 그였으니까.

"이거 어떻게 되는 거지?"

오광훈은 생각지 못한 상황에 당황해서 물었다.

갑자기 엉뚱한 사람이 자신이 주범이라고 주장하며 자살해 버리다니.

"뻔한 거 아냐? 눈 가리고 아웅이지."

사건은 그쪽으로 몰려갈 테고, 검찰은 무조건 그쪽으로 판단할 것이다.

홍보석에게 배당된다면 모를까 그럴 가능성은 0%다.

"그리고 당사자가 죽었으니 사건은 공소권 없음으로 넘어가겠지."

도의적인 책임 정도는 나오겠지만 두한은 법적인 책임에서는 완전 자유로울 테고 말이다.

"뭐, 자살을 '당한' 거겠지만."

상식적으로 자살을 하는 사람이 유서를 프린터로 뽑고 거기에 자기 도장을 찍진 않는다.

그런데 경찰은 그걸 명확한 자살의 증거라고 들이밀고 있었다.

이유는 단 하나, 자살한 이사가 평소에 자필로 서류를 쓰지 않았다는 것이다.

"요즘 같은 시대에 누가 자필로 서류를 쓰냐?"

말도 안 되는 소리다. 도리어 자필로 서류를 쓰면 욕을 바가지로 먹는 게 요즘이다.

"아마도 양쪽이 다 거래를 했겠지."

"회장 쪽이야 그렇다고 쳐도 부회장 쪽은 왜?"

"부담이 크니까."

부회장 입장에서는 이게 터지면, 두한을 손에 넣는다 해도 결국 만신창이가 된 상태일 것이다.

수십 년간 유망 중소기업을 사냥하면서 돈을 빼돌렸다고 하면, 아무리 두한이라고 해도 심각한 타격을 입을 수밖에 없으니까.

"거기서 일하는 부회장이 정의롭다고 보기는 힘들지. 회사 구조상 정의로운 사람은 거기까지 못 올라가니까."

결국 그 둘은 합의를 했을 것이다, 이건 조용히 묻어 버리자고.

그 내부에서 싸우더라도 말이다.

"부회장 입장에서는 일단 약점은 잡은 셈이니까."

내부적으로 묻기로 했다고 해서 주요 인사들이 그 비밀을 모르는 건 아니다.

당연하게도 상당수가 부회장파로 돌아섰으니 그는 손해 보는 게 없다.

"세상 참 더럽다."

"뭐, 더 이상 같은 짓은 못 하겠지만."

노형진은 뉴스를 보며 씁쓸하게 중얼거렸다.

누군가의 죽음으로 묻혀 버린 진실.

그리고 애석하지만, 피해자들에게는 아무런 배상도 없을 게 뻔했다.

도의적 책임이란 말 그대로 도의적인 부분일 뿐 배상 책임은 없으니까.

"언젠가는 다른 형태로라도 그 책임을 물을 수 있겠지."

노형진은 눈을 찡그리며 책상에 놓인 조간을 바라보았다.

현대판 정보 길드

복수재단.

노형진이 만든, 사적인 이익을 위해 불법적인 행동으로 사람들을 괴롭히는 이들에게 대적하기 위한 단체다.

물론 그렇다고 해서 불법적인 방식을 쓰는 것은 아니다.

법적 한계 내에서 활동하며, 법적으로 아무런 문제도 되지 않는 방법을 쓴다.

가장 대표적인 것이 바로 그곳을 제외한 다른 곳에 대한 무차별적 지원.

가장 많이 들어오는 복수 요구 중 하나가 바로 상습적으로 임금을 체불하는 자들에 대한 보복이었다.

애초에 복수재단의 탄생 배경이 그런 자들 때문이었다.

복수재단은 그곳을 제외한 모든 곳과 제휴하고 물품의 가격을 낮추는 방법으로 합리적 불매운동을 일으켰다.

　법적으로 불매운동은 애매한 위치에 있다.

　만일 소비자가 사지 않겠다고 하면 그건 합법이지만, 타인에게 사지 말라고 홍보하는 행동은 법률상 불법이라고 볼 여지가 있다.

　아니, 실제로 그런 행동은 판례로 불법으로 판단한다.

　재판부는 기업의 편을 들어 주기 위해 최대한 불매운동을 막으려고 하기 때문이다.

　애초에 불매운동이라는 것 자체가 소위 말하는 블랙 기업에 대한 사회적 압박의 수단인 걸 생각하면, 타인에게 말하지 말고 개인만 하라는 건 사회운동을 하지 말라는 소리다.

　"하지만 그 기업을 뺀 다른 곳들에 대한 지원은 불법이 아니죠."

　노형진은 머리를 긁적이면서 말했다.

　가령 어떤 가게에 대한 불매운동이 시작되면 주변 경쟁 가게에 무차별적으로 쿠폰과 가격 할인 지원이 들어간다.

　당연하게도 그곳만 지원되지 않기 때문에 사람들은 그곳이 어떤 기업인지 알게 된다.

　안 그래도 다른 곳보다 훨씬 비싼 가격인 데다 지원을 거부당했다는 것 자체가 불쌍한 직원들의 등골을 빼먹는 나쁜 놈이라는 소리이기 때문에 거기가 안 망할 수가 없다.

물론 소송도 있었지만, 지원 자체가 합법적 계약에 의한 것인지라 그 권한이 복수재단에 있어서 결국 그들이 패배할 수밖에 없다.

　그래서 현재 가게들에게 있어서 복수재단은 어마어마한 공포의 집단이 되었고, 돈 안 주고 버티고 노동청에 고소하라고 갑질 하던 놈들도 근로자가 복수재단에 가겠다고 하면 바로 그날 입금을 해 줬다.

　물론 진짜로 장사가 안되고 돈이 없어서 못 주는 곳은 복수재단에서 충분한 실사를 통해 그러한 복수에서 빼 주기는 했다.

　물론 거기서 직원을 못 쓰는 건 전혀 다른 문제지만 말이다.

　"그런데 요즘 불만이 많습니다. 아무래도 복수재단의 대상이 작은 곳들이다 보니……."

　복수재단의 담당자는 곤혹스러운 듯 머리를 긁적거렸다.

　"웃기는군요."

　노형진은 코웃음을 쳤다.

　복수재단이 작은 곳을 대상으로 복수를 한다고 하지만, 그게 욕먹을 행동은 아니다.

　과거에 전혀 대응 방법이 없던 것과 뭐라도 대응 방법이 생긴 건 전혀 다른 문제니까.

　"압니다만……."

　담당자는 입맛을 다셨다.

"그래도 사람들이 원하는 건 그런 게 아니니까요. 원래 물에서 건져 주면 보따리 내놓으라고 하는 게 사람 심리 아닙니까?"

"그건 그렇지요."

"그리고 사실 사람들의 말도 일리는 있고요."

복수재단 담당자는 곤란한 듯 말했다.

"아무리 작은 걸 바로잡는다고 해 봐야 결국 큰 놈한테는 못 덤비는 게 현실이니까요."

복수재단은 돈을 뿌려서 상대방을 고사시키는 전략을 쓴다.

그게 단돈 500원이나 1천 원이라고 해도, 그 돈이 모이면 어마어마한 도움이 되니까.

"이조선 대표는 뭐라고 합니까?"

현재 복수재단을 이끌고 있는 건 노형진이 아니라 이조선이라는 사람이다.

그녀가 전면에 나서서 활동하고 있기 때문에 노형진은 복수재단에 대해 지금까지 신경을 쓰지 않았다.

그런데 아무래도 노형진이 모르는 사이에 외부에서 보따리를 내놓으라는 사람들이 많아진 모양이었다.

"이조선 대표님도 확실히 공감은 하십니다만, 아무래도 방법이 없으니까요. 거대 기업들은 저희들이 싸우기에는 너무 세력이 큽니다. 그렇다고 여기에 직접 오시자니, 주변에서 이 대표님을 견제하는 세력이 많아서 직접 움직이시는 게 쉽지 않은 상황입니다. 기업 쪽은 한 번도 한 적이 없는데 벌써 기업들 쪽에서 압력이 들어오는 모양입니다. 특히 이번 사건과 관련해서 매일같이 괴롭힘을 받고 있다고 하시더군요."

"흠."

기업의 문제는 아무래도 복잡하다.

지원 전략을 쓰기에는, 라이벌 기업에 줘야 하는 돈이 어마어마하다.

기업의 규모에서 제대로 힘을 발휘하려면 못해도 수십억에서 규모가 큰 기업의 경우는 수백억 단위의 지원이 들어가야 한다.

"특히 이번 기업인 탁송제과는 규모가 규모이다 보니 경쟁 대상으로 삼을 만한 기업 자체가 없습니다. 하지만 복수를 원하는 사람들이 워낙 많아서요."

담당자는 긴 한숨을 쉬었다.

"기업이라는 특성상 공격 방법이 없다 보니, 기업은 손 안 대고 작은 가게만 공격한다고 복수재단을 욕하는 사람들이 많습니다."

"그런 건 가뿐하게 무시하세요. 애초에 그런 새끼들은 뻔하지 않습니까?"

작은 가게만 공격한다고 욕하는 작자들.

결국 그들은 복수재단에 공격받았거나 공격받을까 봐 두려운 자들일 수밖에 없다.

즉, 사회적으로 부도덕한 자들이 켕기는 게 많으니까 그러는 것이다.

지금까지 복수재단이 사회적으로 도덕적인 사람을 공격한 적은 없으니까.

당장 복수재단에 의뢰가 들어오면 그 심사는 세 단계를 거쳐야 하고, 필요하다면 기존 직원들을 모두 다 만나기도 한다.

"물론 그렇습니다만."

담당자는 머리를 긁적거렸다.

"저희도 규모를 키워야 하기는 합니다. 그리고 탁송제과 문제는 좀 심각하기도 하고요."

"흠……."

노형진은 살짝 눈을 찌푸렸다.

사실 복수재단은 노형진이 만들었지만 그렇다고 해서 노형진이 터치하는 것은 아니다.

대부분의 업무는 다른 사람들이 한다.

"탁송이 문제가 심한가요?"

"월급 체납은 아주 기본입니다."

탁송제과는 한국에 얼마 남지 않은 중견 과자 기업이다.

과자 업계를 이미 대기업들이 꽉 잡고 있는 상황에서 탁송이라는 중견 기업이 굳건하게 자리를 잡고 버티는 것은 사회적으로는 나쁘지 않은 현상이다.

"문제는 그 탁송이라는 기업이 소위 말하는 블랙 기업이라는 거죠."

불법 해직은 물론 월급도 제대로 안 주고, 잔업이나 특근 수당은 당연히 없으며, 심지어 회사 내부에서는 여성 근무자에 대한 성추행이 빈번하게 벌어지는 기업.

기업을 올바르게 운영해서 버티는 게 아니라 근무자를 쥐어짜서 버티는 기업의 전형이었다.

"거기에다 그들의 라이벌이라고 할 수 있는 기업이 없습니다."

대기업들은 사실 마음만 먹으면 탁송을 한 큐에 날려 버릴 수 있지만 그럴 필요가 없다.

과자를 만드는 다른 중소기업이 없는 건 아니지만 탁송과 경쟁이 될 만한 규모의 기업은 또 없다.

"거기에다 과자 업계의 특성상 스테디셀러라는 게 있거든요."

운영 방식이 불법이 많고 잔혹하다고 해도 과자 업계는 스테디셀러만 있으면 충분히 버틴다.

"그리고 탁송은 스테디셀러가 무려 세 개나 됩니다."

탁송의 스테디셀러인 오징어구이칩과 옥수수깡 그리고 딸기샌드위치는 무려 10년이 넘는 스테디셀러로, 그중에서도 특히 오징어구이칩은 무려 20년이 넘은 물건이다.

"대부분의 수익이 여기서 나오죠. 공격한다고 해서 그 매출이 줄어들 가능성은 낮습니다."

"흠……."

노형진은 턱을 문질렀다.

"하긴 이건 경쟁사를 지원한다고 해서 될 게 아니네요."

이 세 가지 상품이 그렇게 잘나가는데 대기업들이 베껴서 만들지 않을 이유가 없다.

대기업들에게 베끼기는 흔하게 벌어지는 일이니까.

"하지만 다 실패했죠."

다른 대형 기업들이 복제를 해서 비슷하게 만들어 팔았지만 이 세 가지 상품의 아성을 넘어뜨리지 못했다.

결국 그 상품들은 대부분 일정 기간이 지나서 단종되었다.

판매량이 나오지 않았으니까.

"대기업도 그런데, 투자한다고 해서 될 문제는 아닌 것 같습니다."

일반적인 식당과 달리 마땅한 대체재가 없다.

특허라는 게 있으니까.

당연히 맛 자체가 달라질 수밖에 없다.

비슷하게 만들 수는 있지만, 그건 어디까지나 비슷한 정도일 뿐이다.

사실 캔 커피나 커피숍이나, 잘 모르는 사람들 입에 아메리카노의 맛은 비슷하다.

하지만 캔 커피가 아무리 잘 나와도 커피숍은 매일같이 늘어난다.

따라서 나오는 상품이 비상용 대체재는 될지언정 완전한 대체는 불가능하다는 소리다.

"대체재 전략은 못 쓴다는 건데……."

"네."

대체재 전략을 쓰는 복수재단에서는 싸울 방법이 없다는 것이다.

"그래서 복수재단의 임원들 사이에서 노 변호사님한테 도움을 청하자고 이야기가 나왔습니다. 이런 말씀을 드리기는 죄송하지만……."

지금 복수재단의 자금은 전적으로 노형진이 지원하고 있다.

그런 상황에서 해결책까지 물어보려니 미안할 수밖에 없다.

"어떤 상황인지 알겠습니다."

노형진은 곤란한 듯 머리를 긁었다.

좀 바쁘기는 하지만 복수재단 문제도 한 번은 생각해 봐야 할 테니까.

그리고 그들의 말도 맞다.

작은 가게들에 공포로 군림해서 작은 문제는 해결할 수 있겠지만, 큰 기업들을 제대로 통제하지 않으면 사회적으로 큰 문제를 해결할 방법이 없다.

'복수재단의 목적은 사회적 문제의 해결이니까.'

그걸 위해서라면 좀 더 현실적인 방법이 필요하다.

아무리 노형진이 지원한다고 해도 말이다.

'거기에다 예산 문제도 있고.'

작은 가게들을 대상으로 하는 싸움이기에 큰돈이 안 들기는 하지만, 어찌 되었건 재단이 버티기 위해서는 외부에서 자금이 들어와야 한다.

당연하게도 복수재단의 목적상 남을 도와주는 게 아니라 미래의 피해자를 막는 데 집중되어 있어서 지원금이 거의 없는 편이었기에 노형진 혼자서 그걸 커버하고 있었다.

'이 구조도 바꾸기는 해야 하는데 말이지.'

노형진은 눈을 살짝 찡그렸다.

아무래도 일이 복잡해질 것 같았다.

⚖️

"탁송제과는 유명한 블랙 기업입니다. 전형적인 전관 기업이죠."

"전관 기업?"

노형진은 낯선 단어에 고개를 갸웃했다.

전관 기업이라는 단어는 처음 들어 봤으니까.

노형진이 뭔지 모르는 듯하자 고문학은 서둘러 설명을 추가했다.

"아, 우리끼리 하는 말입니다. 기업이기는 하지만 권력자들이 만든 기업 있지 않습니까?"

"아아, 무슨 뜻인지 알겠네요."

보통 기업들은 돈을 추구하기에 자본가가 만들어 낸다.

하지만 그런 기업들이 영원히 그 아래에 있는 것은 아니다.

주식을 팔 때도 있고 주식이 증자될 때도 있다.

당연히 외부에 주식이 나갈 테고, 그런 주식들을 사는 사람들이 정치인이나 정관계 인사인 경우가 적지 않다.

자기들끼리 정보를 공유하는 것이다.

"그리고 탁송은 그런 전관 기업입니다. 주식의 60%가 정관계에 위치한 사람들에게 있거든요. 물론 기명주권 기준입니다. 무기명주권까지 따지면 더하겠지요."

고문학은 노형진에게 자신이 조사한 서류를 건넸다.

보통 새론 내부의 업무를 우선하지만 사실 정보 팀이 외부의 업무를 안 하는 건 아니다.

법적인 문제 때문에 정보 팀은 별개의 기업으로 되어 있으니까, 지금처럼 자금만 준다면 드러난 정보를 물어다 주는 건 어려운 일이 아니다.

"판사에 검사에, 얼씨구? 전 시장에 국회의원에, 목에 힘주는 사람들이 넘쳐 나는군요."

"네, 과거에 처리하셨던 그 성탁과 비슷한 구조입니다."

"원래 이런 건 아니었을 테고……."

"뭐, 뻔하죠."

아무리 탁송이 힘을 가진 중견 기업이라고 할지라도 권력자들과 싸우지는 못할 테니 그들에게 상납하면서 야금야금 정보를 먼저 제공하여 주식을 넘겼을 것이다.

당연히 그들은 돈을 위해 탁송을 지키려고 할 터.

자기들 입장에서는 누이 좋고 매부 좋은 거다.

기업가는 악착같이 뜯어먹어도 다 무마되고, 주식을 가진 권력자들은 조금만 힘써 주면 배당금이 팍팍 들어올 테니까.

"인권 팀 문제로는 못 넘깁니까?"

"물론 그러면 좋겠지만 아시다시피……."

노형진은 씁쓸하게 웃었다.

'상황 참 웃기네.'

과거에 비슷한 문제가 있었을 때, 그때는 인권 팀의 도움을 얻어서 그 문제를 해결했다.

하지만 이제는 인권과, 아니 인권 주의자 나부랭이들과 사이가 틀어져서 진짜 인권 문제가 터졌는데도 도움을 못 받는다.

"쌍놈의 새끼들이 진짜."

노형진은 권력에 눈먼 그들을 생각하고는 고개를 흔들었다.

입으로는 인권을 외치면서도 그들은 권력에 부담되는 사건에는 입을 다물었고, 그 문제로 새론과 노형진과 충돌하면서 결국 아예 따로 나가 버렸다.

물론 새론에 명목상의 인권 팀이 남아 있기는 하지만 그들은 순수하게 권력을 추구하지 않는 인권 운동 변호사들이다 보니 그 힘이 아무래도 약했다.

"우리가 도와 달라고 해도 안 도와줄 테고."

고문학은 고개를 흔들었다.

이것이 법이다

"천부에 이미 그쪽 노동자들이 도움을 청했습니다. 아니, 의뢰를 하려고 했습니다만 거절당했습니다."

"천부에서 거절했다고요?"

"네. 그 운영진이 누군지 알고 있는 거죠."

"망할 놈들."

천부. 자칭 인권 주의자들이 나가서 만든 로펌이다.

인권 주의자 로펌이라고 명성은 자자하지만……

'그들이 지키려고 하는 인권은 그런 게 아니지.'

여성 인권이니 범죄자 인권이니 외국인 노동자 인권이니 따지기는 하지만 결국 그들이 따지는 인권은 뻔하다.

힘을 가진 권력가들이 덜 부담스러워하는 쪽.

실제 피해자나 군인 같은 부류의 인권에는 관심도 없다.

지금도 마찬가지다.

"말로는 이건 인권 문제가 아니라 단순 노무 사건이라고 했답니다."

"마음대로 하라고 하세요, 정치질을 하든 뭘 하든."

노형진은 보고서를 받아서 읽다가 탁 덮어 버렸다.

"뭐, 그때랑 비슷하기는 하네요."

경찰도 검찰도 절대 도와주지 않을 상황.

이건 고발해 봐야 유야무야 넘어갈 게 뻔했다.

"네, 혹시 노 변호사님이 주식으로 공격하고 싶어도 그건 힘듭니다. 공식적으로 주식회사이기는 하지만……."

"무슨 뜻인지 알겠네요."

주식회사이기는 하지만 대부분의 주식은 권력가들에게 있다.

그리고 그게 시중에 풀리지 않으니, 자신이 아무리 긁어모아도 결정권도 얻지 못할 게 뻔하다.

"다른 대기업들이 비슷한 물건을 만들고도 그렇게 빨리 단종시킨 이유를 알 것 같네요."

만일 시장에서 가치가 있다고 한다면 기업은 얼마든지 마이너스를 감당한다.

사실 대기업들이 탁송을 날려 버리지 못할 이유는 딱히 없다.

그들의 판매 라인만 쥐고 흔들어도 탁송은 흔들리고, 사람들은 대체재를 찾기 시작하면서 카드는 대기업으로 넘어올 것이다.

실제로 작은 제과 기업들이 그런 식으로 많이 넘어간다.

하지만 대기업들은 경쟁 대신에 단종을 선택했다.

"생각보다 높은 라인까지 선이 닿은 것 같은데요."

노형진은 턱을 문질렀다.

이런 식이면 그가 싸우는 데 여러 가지 문제가 생긴다.

"그렇다고 해서 우리가 그냥 넘어갈 수도 없고."

기업들과 싸울 만한 방법을 찾아야 한다.

'확실히 복수재단도 성장해야 해.'

만만한 작은 곳 상대로만 싸운다는 사람들의 비아냥거림이 기분 나쁘긴 하지만, 그렇다고 그게 아주 틀린 말은 아니다.

작은 곳하고만 싸우면 결국 사회적인 지지는 받기 힘들어지는 게 사실이니까.

도리어 작은 곳은 개개인이 어떻게 싸워 볼 수도 있다.

임금 체불 같은 경우는 사람들이 진짜 독하게 마음먹고 싸우기 시작하면 못 받지는 않는다.

그냥 가게 물건에 압류를 걸어 버리기 시작하면 어쩔 수 없이 준다. 다만 대부분이 거기까지 하려고는 하지 않으니 문제인 거지.

"하지만 대기업 같은 경우는 문제죠."

당장 판사까지 주주로 끼어 있으니 재판을 한다고 해도 전화 한 통이면 사건이 무마된다.

안 줄 수야 없겠지만 변호사비까지 독박을 씌우는 건 어려운 일이 아니다.

실제로 흔하게 사용되는 편법이다.

피해자에게 소송비용을 덤터기 씌워 버리는 것이다.

그런데 이 소송비용 문제는 법적으로 정해진 게 아니라 전적으로 판사의 재량인지라 어떻게 항변도 못 한다.

실제로도 청구 금액이 100만 원인데 소송비용으로 150만 원을 피해자가 가해자에게 지급하라고 한 경우도 있다.

대놓고 판사들이 피해자들을 죽이려고 짠 것이다.

"그렇다고 무조건적으로 돈을 투입할 수는 없지 않습니까?"

노형진이 돈이 많은 건 사실이다.

그러나 그건 어디까지나 노형진의 돈이지 사회의 돈이 아니다.

"이런 말씀 드리기도 뭐하지만, 노 변호사님은 이미 충분히 노블레스 오블리주를 실천하고 계십니다."

남들은 세금을 안 내려고 발악하지만, 노형진은 절세는 할지언정 탈세는 안 한다. 당장 복수재단 같은 사회단체를 많이 만들어서 지원하는 것도 노형진이 유일하다.

심지어 어지간한 대기업보다 사회적 투자를 많이 하는 게 노형진이다. 물론 벌이가 그 어지간한 대기업만큼 되니까 가능한 일이지만.

"하지만 기업과 싸우게 되면 그때는 돈이 어마어마하게 들 겁니다."

"기업과 싸우는 게 문제는 아닌데요."

노형진은 머리를 긁었다.

기업과 싸우는 걸 무서워한 적은 없다.

그랬다면 성화와도 대동과도 두한과도 싸우지 못했다.

"문제는 복수재단이란 말이죠. 싸우는 게 제가 아니라 복수재단이 되어야 한다는 게 문제입니다."

장기적으로 그래야 사회정의가 바로 선다.

노형진은 개인이지만, 복수재단은 단체다.

개인과 단체가 사회에 끼치는 영향은 전혀 급이 다르다.

"더군다나 지난번에 말씀하신 문제도 좀 생각해 봐야 하구요."

노형진이 복수재단에 상당한 돈을 투자하고 있지만 어찌 되었건 복수재단은 자립해야 한다.

그러지 못하면 복수재단은 노형진이 손 떼는 순간 몰락한다.

"물론 제가 손 뗄 일은 없겠지만, 장기적인 미래는 모르니까요."

안 그래도 복수재단의 특성상 미심쩍은 시선으로 보는 곳이 많으니까.

"그러니까 자체적으로 자금을 확보할 수 있는 방법도 만들어야 하는데……."

"하지만 그게 될 리 없지요."

복수재단은 비영리법인이며 재단법인이다.

이게 무슨 소리냐면, 영리 활동을 할 수 없다는 소리다.

구조적으로 순수하게 기부금으로 운영되는 형태다.

'영리법인으로 만들면 망하는 건 순식간일 테지.'

그렇게 되는 순간 외부의 공격을 온몸으로 받아들이게 되니까.

"이건 도무지 답이 없는데?"

노형진은 머리가 지끈거리는 느낌이었다.

"기부금? 그거 달라고 광고라도 때리지?"

오광훈은 고개를 갸웃하며 말했다.

"요즘 열나게 광고하더만. 우리 애들 불쌍해요, 우리 애들 도와주세요, 월 1만 원이면 내 배때기에 기름을 채울 수 있어요."

"마지막은 뭐냐? 왜 배때기에 기름을 채워?"

앞의 것들이야 이해하겠는데 난데없는 마지막 말에 노형진이 눈을 찌푸렸다.

"왜 그러긴. 요즘 너 때문에 개판 된 거 몰라? 사회단체가 아주 너 때려 죽일 날만 기다리고 있다더라."

"아니, 왜 나한테 그래?"

노형진은 어이가 없었다.

자신에 대한 악의가 얼마나 팽배하면 그런 거에 관심도 없는 오광훈의 입에서 이런 소리가 나올까?

"네가 저지른 게 있잖아, 그 세계복지재단."

"아…… 씁."

세계복지재단. 노형진이 외부의 사람들과 함께 만든 곳이다.

공식적으로는 미다스가 만든 거고 노형진은 거기에 법률적 조언만 해 준 것으로 되어 있지만 말이다.

아무래도 미다스의 존재가 베일에 감춰져 있다 보니 조언을 했다고 알려진 노형진에게 미움이 쏠릴 수밖에 없었다.

어쩔 수 없다.

그곳이 생기고 나서 기존 자선 단체들이 치명적인 타격을 입었으니까.

기존의 재단들은 법적으로 기부금 사용 내역을 공개하지 않아도 되었다.

그렇다 보니 여러 가지 비리가 많았다.

착복은 기본이요, 엉뚱한 곳에 돈 쓰는 건 흔한 일이었다.

애들 밥 먹이라고 준 돈으로 건물을 새로 올리고 퍼스트 클래스에 앉아 여행을 다니고 요트를 사고 특정 종교 시설을 세우고.

오죽하면 심한 곳은 그렇게 들어온 돈의 10%만 아이들에게 쓰기도 한다.

"네가 만든 세계재단이 '똥'을 싸질렀잖아."

세계복지재단 역시 목적은 다른 곳과 똑같다. 남을 돕는 것.

다른 건 단 하나뿐이다.

예산 사용 내역을 인터넷 홈페이지에 100% 공개한다는 것.

다른 곳은 그 돈을 어디다 썼냐고 물어봐도 좋은 데 썼다는 대답뿐이지만 세계복지재단은 당당하게 재무 내역을 공개하니, 세계적인 큰손들은 당연히 기부금을 세계복지재단으로 돌렸다.

심지어 일정 금액 이상의 기부자의 경우 원하는 곳을 지정해 주면 그곳에 대신 기부하며 그 내역을 다 개별적으로 알려 주기까지 하니, 투명하다 못해서 속을 다 까발리는 수준이었다.

"그래서 요즘 광고를 졸라 해 대잖아. 우리 애들 불쌍해요, 찡찡찡."

"네가 그걸 어떻게 알았냐?"

노형진의 눈이 저절로 찌푸려 들었다.

사회적 성향을 분석하는 건 오광훈의 캐릭터가 아니니까.

"나도 전에 무슨 모임에 가서 주워들은 거야. 하여간 너 아주 더럽게 오래 살겠더라, 욕 많이 처먹어서."

"뭐, 좋지, 뭘."

노형진은 그렇게 말하면서도 떨떠름한 얼굴이 되었다.

요 근래에 갑자기 자선단체광고가 많아진다 싶더니 그런 일이 벌어지고 있는 줄은 몰랐다.

'하긴 큰손이 떠났으니 아무것도 모르는 개인 기부자들을 많이 잡아야겠지.'

그러니 열심히 광고해야 할 테고 말이다.

물론 기부 자체는 결코 나쁜 일이 아니다.

하지만 그 돈을 엉뚱한 곳에 쓰는 것은 문제가 된다.

"그런 상황인데 복수재단에 기부금이 들어오겠어?"

"하긴 그것도 그러네."

복수재단은 기부금을 공개하지 않는다.

정확하게는 애초에 노형진을 제외하고는 거의 기부금이 전무하니 공개할 필요가 없다.

"그렇다고 공개를 할 수는 없잖아."

"그렇지."

아무래도 남을 돕는 게 아니라 파멸시키는 데 초점이 맞춰져 있는 복수재단이다 보니 누군가 억하심정을 품을 수도 있는 노릇이고.

"결국 익명으로 기부를 받아야 하는데……."

"그건 무리야, 무리. 뭐, 사람들이 뭔가 사 가는 거면 모를까."

"뭘 사 가? 팔 수 있는 게 없는데."

"아니면 협박을 하든가."

"그게 가능하겠냐? 어찌 되었건 사회단체인데……."

말을 하던 노형진은 문득 오광훈의 손에 들린 책을 보고 물었다.

"그나저나 뭔 책을 그렇게 열심히 봐? 저녁 먹으면서까지 볼 필요는 없잖아."

자신의 집 근처 식당에까지 책을 들고 온 오광훈을 보고 노형진은 고개를 갸웃했다.

오광훈이 저렇게 책을 열심히 볼 리 없으니까.

더군다나 그 책 제목도 이상하다.

"《상법 전서》? 네가? 장난해?"

상법은 오광훈이 배울 이유가 없다.

물론 법을 배우려면 당연히 알아야 하는 기본적인 부분이기는 하지만 당장 오광훈에게 급한 건 형법이지 상법이 아니다.

"아니, 난 공부하면 안 되냐?"

"구라 치지 말고. 나 법대 나왔다. 대한민국 법률 책 중에서 저렇게 얇은 건 없어."

농담이 아니라 대학 교재들은 죄다 두꺼운데, 특히 법률 서적들은 더 두껍다.

법적으로 책은 위험 무기로 분류되지 않지만 법대를 나온 사람들은 법률 책은 예외로 둬야 한다고 농담을 할 정도다.

워낙 무거워서 거의 벽돌 수준이니까.

거기에다 그 무게를 지탱하기 위해 표면 역시 딱딱한 하드보드지인지라 강도도 강해서, 법률 전공 서적 모서리로 맞으면 피를 뿜으며 기절할 거라고 자조 섞인 말을 하는 이도 있었다.

"거기에다 표지 자체도 그냥 붙여 둔 것 같은데. 어디서 장난질이야?"

"아니, 그게……."

"뭔데?"

"크흠……."

결국 오광훈이 머쓱하게 웃으며 내민 책의 속 알맹이를 보고 노형진은 피식 웃을 수밖에 없었다.

"내가 이럴 줄 알았다. 장르 소설이냐?"

장르 소설. 또는 판타지 소설이라 불리는 상업 소설.

"이게 뭐 어때서? 이런 책은 보면 안 되냐?"

"아니, 그건 문제가 아니지. 재미있는 책이라고 해서 다

나쁜 것도 아니고. 문제는 이 책에 이런 표지를 붙였다는 거지. 너, 업무 시간에 이거 본 거지?"

오광훈은 시선을 슬슬 돌렸다.

안 봐도 뻔하다.

책이 재미있어서 계속 보고 싶은데 대놓고 보자니 아무래도 업무 시간에는 왠지 눈치가 보이니까 겉에다가 애먼 표지를 씌운 것이다. 법률 책은 대부분 이중 표지라 외부에 씌우면 티가 안 나니까.

"크흠……."

"뭐, 괜찮아. 책 읽는 게 나쁜 건 아니니까."

노형진은 그렇게 말하면서 오광훈에게 충고했다.

"다만 조언을 해 준다면, 한 세 권쯤 붙여서 넣어. 그러면 대충 두께가 맞을 거야."

"어떻게 알아?"

"나 변호사거든? 그런 놈들, 주변에 쌓이고 쌓였었다."

당연히 그런 식으로 수업 시간에 책을 보던 놈들이 많았다.

"그나저나 뭐가 그렇게 재미있는데 책을 손에서 못 놔?"

"지금? 주인공이 정보 길드를 집어삼키는 중요한 장면이야."

"정보 길드라……."

노형진은 고개를 끄덕거렸다.

정보 길드를 집어삼키는 건 소설에서도 흔하게 나오는 장면 중 하나다.

누구라도 정보의 중요성은 무시하지 못하니까.

"그런 걸 관리하는 집단이 외부에 그렇게 드러날 이유가……."

그렇게 말하던 노형진은 갑자기 머리가 환해졌다.

"잠깐, 정보 길드라고?"

"응? 왜? 갑자기 왜 정색을 하고 그래?"

좋은 생각이 났으니까!

정보 길드라는 것은 사실 현실적으로 존재하지 않는다.

아니, 존재할 수가 없다.

정보라는 것은 특정 집단이 관리해 왔으니까.

'그런데 내가 왜 그렇게 생각했지?'

특정 집단이 관리하고 그걸 외부에 공개하는 것은 불법이다.

산업에 관련된 거라면 산업스파이라고 볼 수 있다.

그리고 국가의 안전에 관한 정보라면, 외국의 스파이 행위라고 볼 수 있다.

'그런 거야 그렇지만……!'

하지만 만일 그런 정보가 아니라면?

만일 법적으로 문제가 되지 않는다면?

그리고 그런 정보를 취합해서 통제할 수 있다면?

'그러고 보니 공개된 정보를 이용해서 답을 구하는 게 스파이들의 소양 중 하나였다던가?'

특정 정보들은 감춰진다.

하지만 정치권이나 그쪽 계열에 있는 사람들은 그 정보를 안다.

예를 들어서 제약 회사에서 새로운 항암 물질을 개발하는데 성공했다면 그와 관련된 자들, 회사의 회장부터 이사, 개발자까지 회사의 주식을 산다. 오를 게 뻔하니까.

그런 건 공개된 정보가 아니지만 그 거래 자체는 공개되어있다.

그래서 스파이들은 기본적으로 답을 캐기 위해 정보를 분석하는 데 집중한다.

'하지만 굳이 공개된 정보일 필요는 없잖아?'

정보의 가치는 기술만이 아니다.

그렇다면 기술이 아닌 정보도 과연 산업스파이 같은 행위에 해당될까?

노형진은 눈을 반짝거렸다.

"정보 길드라……. 이거 아주 마음에 드는데?"

"정보 길드요?"

노형진의 말에 고문학은 이해가 가지 않는다는 듯한 얼굴이 되었다.

"저도 장르 소설을 제법 봅니다만 정보 길드는 현대에는어울리지 않습니다. 일단 그건 현대의 정보 관련 법률을 정면으로 위반하는데요."

당장 정보를 담당하는 고문학도 정보를 얻기 위해 때때로는 법을 위반한다.

실제로 대부분의 정보는 법을 위반하지 않으면 얻지 못한다.

간단하게는 개인 정보 보호법에서 크게는 뇌물에 관해서까지. 그만큼 정보는 가치가 있지만 얻기 힘들다.

"그걸 외부에서 무차별적으로 판매한다는 게 가능하겠습니까?"

소설에 나오는 정보 길드는 상대방이 누구든 돈만 주면 정보를 판다.

물론 현실적인 경우라면 턱도 없다.

돈이 많다는 이유로 정보를 파는 조직이라면 권력자들이무슨 수를 써서라도 척살할 테니까.

당장 판타지 소설에서도 어지간한 귀족들은 자신들의 병력을 가지고 있다.

"물론 개인 정보나 합법적인 정보라면 불가능하지요."

"원래 정보는 불법적인 부분이 많습니다만……."

"이런, 오해를 하셨네요. 제가 얻고자 하는 정보는 합법적으로 얻은 정보가 아닙니다."

"네?"

노형진의 말에 고문학은 고개를 갸웃했다.

"법적으로 보호받는 정보는 합법적으로 발생된 정보, 그러니까 기업의 영업 내역, 개인의 개인 정보 등이죠. 하지만 불법이라면 어떨까요?"

"불법적으로 발생하는 정보라는 게 이해가 안 갑니다만?"

아무래 다른 방식으로 설명해야 할 것 같다고 판단한 노형진은 고민 끝에 적당한 말을 생각해 냈다.

"내부 고발."

"내부 고발요?"

"네. 기본적으로 내부 고발은 불법적인 행동에 대한 신고죠."

"으음⋯⋯."

고문학은 고개를 끄덕거렸다.

"확실히 그렇지요."

내부 고발. 내부에서 벌어지는 범죄나 기타 비리를 신고하는 것.

문제는 현실적으로 그건 자살이나 다름없다는 것이다.

"하지만 한국에서 내부 고발이 이루어진 경우 그게 제대로 성공한 적은 없는 걸로 알고 있는데요."

내부 고발이 이루어지면 그 고발자에게 어마어마한 보복이 이루어진다.

그건 단순히 기업의 문제가 아니다.

심지어 내부 고발을 가장 권장해야 하는 감사실조차도 내부 고발을 한 사람들을 죽이려고 덤빈다.

"실제로 각오하고 덤빈 사람들의 결말이 좋지 않았고요."

내부 고발로 인해 드러난 문제점이 수정되는 경우는 거의 없고, 덤빈 사람들만 해직당하고 손해배상을 청구당한다.

실제로 수십 년 전에 군 내부의 부정선거를 고발했던 장교들은 수십 년이 지나고 세상이 민주화가 되었음에도 불구하고 여전히 범죄자로서 처벌 기록이 남아 있다.

설사 내부 고발이 성공해서 수정된다고 해도, 대부분의 경우 그게 정상적인 과정으로 돌아가기보다는 그냥 뇌물 받는 놈이 다른 놈으로 바뀌는 선에서 끝나 버린다.

"맞습니다. 내부 고발이라는 게 그렇지요."

노형진은 고개를 끄덕거렸다.

"만일 그런 걸 대신 고발해 주는 곳이 생긴다면요?"

"대신 고발해 준다?"

"네. 어차피 내부 고발이라는 것은 뻔하거든요."

그냥 '누가 뇌물 받았어요.'라는 식으로 고발하는 사람들은 드물다.

그런 건 해 봐야 의미도 없다.

증거가 없으면 사건도 없는 게 법이니까.

"지금까지 여러 내부 고발자들을 봤지요. 그런데 대부분 증거가 다 있더군요."

"그건 그렇지요. 우리와 엮인 사람들은 대부분 현실에 적을 두고 있으니까요."

자신이 팽 당할 때를 대비해서, 또는 실무를 하다 보니 필요해서 그렇게 외부에 관련 증거를 가지고 있다가 노형진에게 속아서든 살기 위해서든 아니면 정의를 위해서든, 자료 제출과 함께 내부 고발이 이루어졌다.

"확실히 그러면 그들이 드러날 가능성이 낮기는 하지만……."

고문학은 꺼림칙하게 생각했다.

내부 고발 자체를 부정적으로 보는 사회 특성상 찾아올 사람이 있을 거라고 생각하기 힘들었기 때문이다.

"제가 생각하는 건 다른 쪽입니다. 제가 그걸 왜 대신 까발립니까?"

"에?"

"정보 길드는 정보를 감추는 조직이지 정보를 공개하는 조직이 아닙니다. 그건 애나머스죠."

애나머스. 해킹을 통해 정보를 캐내고 그 정보를 공유하는 조직.

노형진 역시 그곳을 통해 도움을 받았고 새론의 직원 중한 명은 그곳 출신이기도 하다.

"그러면 그걸 감춘다는 겁니까? 하지만 그게 무슨 의미가 있는데요?"

"돈이죠."

"돈?"

"정보를 사는 걸로 끝나는 게 아니라 그 거래가 계속 이루어진다면, 그 정보에 관련된 돈을 제공자에게 지급하는 겁니다. 대략 30% 정도면 되겠네요."

"이해가 안 가는데요."

노형진은 씩 웃었다.

그럴 거다. 지금까지 없던 사업이니까.

하지만 불가능한 건 아니다.

"만일 제가 어떤 정보를 쥐고 있습니다. 예를 들자면……
음…… 누가 회삿돈을 한 100억쯤 횡령했다고 치죠."

"네."

"그걸 누군가는 알아차릴 수도 있죠."

그리고 그 누군가는 그 증거를 가지고 제보할 수도 있다.

"물론 내부 고발자의 마지막은 비참하겠지만요."

"그런데요?"

"하지만 그걸 제가 판매한다고 치죠."

자신이 그 정보를 적당한 가격에 구입한다.

그리고 원하는 사람에게 판다.

"그걸 누가 사요?"

"라이벌? 반대파 아니면 기자 또는 경쟁사, 아니면 그 회
사의 비밀을 캐내고자 하는 산업스파이 등등, 살 사람은 많
습니다."

정보를 캐내는 가장 좋은 방법은 상대방의 약점을 쥐고 흔
드는 것이다.

"설마?"

"네, 그 설마가 맞습니다. 범죄 기록에 대한 정보는 개인 정보 보호법의 영향을 받지 않습니다."

말 그대로 범죄니까.

물론 그걸 안다고 해서 불법도 아니다.

모든 범죄가 다 방조범을 처벌하는 것은 아니니까.

"저는 그 정보를 적당한 가격에 파는 겁니다."

그걸 판다면 아마 누군가는 사려고 할 것이다.

상대방을 죽여야 자신이 살 수 있는 누군가가 말이다.

"탁송제과 같은 경우는 얼마나 많은 비밀이 나올까요?"

"헐……."

탁송제과에서 일하는 수많은 사람들.

그들은 제대로 된 인정도, 임금도 못 받으며 고통 받고 있다.

"그들이라면 자신이 아는 비밀을 팔려고 하겠지요."

탁송뿐만이 아니다.

어떤 조직이든 조직에, 또는 상관에게 불만을 가진 사람은 있다.

그냥 터무니없는 불평을 하며 신고할 수도 있지만, 일하다 알게 된 비리를 가진 사람도 있을 것이다.

"현재 내부 고발자에 관한 법의 가장 큰 문제는 그 고발 이후에 벌어집니다."

내부 고발이 벌어진 후에 법적으로는 그를 보호해야 하지만, 정부나 검찰에서는 대놓고 고발자의 신분을 가해자에게 알려 준다.

물론 공식적으로는 아니지만, 전화 한 통이면 신분을 알아내는 건 어려운 일이 아니다.

"하지만 우리를 통하면 전혀 다르죠. 정확하게는 복수재단을 통해 고발하는 거죠."

"복수재단이 고발한다고요? 그러면 그 정보 길드라는 곳은 복수재단 산하인 겁니까?"

노형진은 고개를 흔들었다.

그렇게 되면 복수재단은 진짜로 집중 공격을 받을 뿐만 아니라 위법성의 문제도 있다.

물론 범죄 자료를 모으는 게 불법은 아니지만, 그걸 팔거나 하는 행위는 협박죄가 성립할 가능성이 존재한다.

"복수재단은 그걸 사는 겁니다."

"산다고요?"

"네."

특정 집단에 속한 범죄자들의 범죄 내역을 산다.

그리고 고발한다.

그 돈은 불법적인 돈도 아니며, 또한 복수재단 자체가 불법을 저지르는 것도 아니다.

그저 포상금을 주고 불법을 막으려고 노력하는 것이다.

"현행법상 관련 법은 없습니다. 거기에다가 고발 자체가 두 다리를 건너는 거거든요. 그러니 내부 고발은 이쪽으로 쏠리겠지요."

고발 자체는 복수재단이 하지만 그걸 산 건 실체를 추적할 수 없는 정보 길드다.

그리고 정보 길드에서도 내부 고발자에 대한 정보는 복수재단에 넘기지 않을 거다.

그러면 범죄를 저지른 범죄자들이 거품을 물어도 어떻게 방법이 없다.

"거기에다 돈을 주는 건 이쪽이거든요."

법적으로 내부 고발자에게 포상금을 주도록 되어 있지만 그 돈은 사실 터무니없이 낮다.

전 인생을 걸고 한 내부 고발이다.

그런데 거기에다 500만 원, 1천만 원 줘 봐야 변호사 비용도 안 된다.

그냥 나가 죽으라는 소리나 마찬가지다.

"거기에다가 기업에서 가장 많이 벌어지는 범죄에 대해서는 그마저도 해당이 안 되고요."

사람들은 내부 고발이라고 하면 보통 뇌물 수수니 횡령이니 하는 것들을 생각한다.

그리고 그런 걸 신고하면 보호받을 수 있다고 생각한다.

하지만 법적으로 대한민국의 관련 법인 공익 신고자 보호법에 의하면, 기업의 불법 비리 행위와 관련 있는 법률 대부분이 대상에서 제외되어 있다.

쉽게 말해서 차명 계좌, 분식 회계, 배임, 횡령 등 기업의 범죄는 막을 수가 없는 구조다.

　당연히 그런 걸 제보하면 잘려도 복직 소송을 할 수가 없다. 보호 대상이 아니니까.

　"하지만 우리는 그 정도가 아니죠."

　그 가치에 따라 수천에서 수억까지 돈을 줄 수 있다.

　"하지만 그 돈은 어디서 나옵니까? 아, 물론 노 변호사님이 초반에 지급하기야 하시겠지만 그 이후에는요? 노 변호사님 스스로 말씀하시지 않았습니까? 복수재단은 나름의 수익 모델을 찾아야 한다고요."

　하지만 이건 돈이 나가기만 할 뿐 들어오는 게 아니다.

　"돈은 그 비밀을 가진 자가 내게 될 겁니다."

　"네?"

　고문학은 고개를 갸웃했다.

　"그 비밀을 가진 자라고 하면? 범죄자요?"

　"네."

　"협박이라도 하시려는 겁니까? 그건 위험합니다."

　협박은 불법이다.

　당연히 법적인 제재가 들어올 것이다.

　"협박이라고 볼 수도 있고 거래라고 볼 수도 있습니다."

　"거래라 하시면……?"

　"'잠금 비용'요."

"잠금 비용? 뭘 잠그는데요?"

"그 비밀을 팔지 않는 조건을 다는 거죠."

고문학은 입을 쩍 벌렸다.

그 비밀을 팔아서 돈을 벌 거라 생각했다.

그런데 비밀을 팔지 않는 대가로 돈을 받는다고?

"저는 이해가 안 갑니다. 그게 가능합니까?"

"가능합니다. 협박이라고 보기도 애매한 부분이 있죠. 돈을 달라고 하는 게 아니라 저쪽에서 먼저 돈을 주겠다고 다가오는 거니까요."

그건 법을 어떤 식으로 보느냐의 문제다.

물론 협박이 성립될 수도 있다.

"설사 협박이 성립된다고 해도 어쩔 건데요?"

노형진은 어깨를 으쓱했다.

애초에 정보 길드라는 존재 자체가 한국이 아닌 해외에서 활동하게 될 것이다.

물론 한국에서 홍보는 하겠지만, 그걸 추적하기 위해서는 국제적 공조가 이루어져야 한다.

"그런데 그게 가능할 리 없거든요."

국제적 공조라는 것은 범인이 해외로 도피하거나 해당 범죄가 여러 나라에 위해를 끼쳤을 경우 이루어진다.

하지만 정보 길드는 그런 게 아니다.

그저 범죄를 신고받을 뿐이다.

국제 공조를 하기 위한 피해자라는 것 자체가 존재하지 않는다.

"그리고 켕기는 게 있어서 그걸 열람하려면 돈을 내야지요. 남과 마찬가지로요."

"그런……."

돈만 내면 누구든지 볼 수 있다.

개인 정보도, 회사의 중요 정보도 아니다.

그저 회사에서 벌어진 범죄에 관한 정보다.

그걸 신고하지 않아도 복수재단은 처벌 대상이 아니다.

신고 의무가 없으니까.

"하지만 기업 입장에서는 어떨까요? 협박? 글쎄요. 협박이 될지 전 의문이네요."

기업이나 그 비밀을 약점 잡힌 사람은 미치고 팔짝 뛸 것이다.

그 정보는 공개된 것.

누가 줬는지 알 수는 없지만, 돈만 내면 누구든 볼 수 있다.

"그리고 우리는 그 정보에 대한 잠금 서비스를 제공하는 거죠."

협박을 한 게 아니다.

협박이 되려면 몇 가지 조건이 맞아야 한다.

이쪽이 위협적인 정보를 가지고 있다는 것만으로는 협박죄가 성립되지 않는다.

"협박이 성립되려면 우리가 그들에게 뭔가를 해야 하지요."

이걸 외부에 공개하겠다고 이야기하든가 주변에 알리겠다고 하든가 아니면 자수하지 않으면 죽여 버릴 거라고 말하는 등, 상대방이 겁먹을 만한 말을 동반해야 한다.

"하지만 우리는 그럴 이유가 없죠."

외부에서 들어온 제보일 뿐이고 적당한 가격만 지불하면 언제든 볼 수 있는 내용이다.

범죄이다 보니 비밀을 지킬 이유도 없다.

"하지만 경찰에 신고하는 건요?"

"범죄니까 그 부분에서 걸리죠."

원래 협박죄에는 경찰에 신고하겠다고 하는 것도 해당된다.

일단 상대방에게 피해를 줄 의사를 고지했고 그로 인해 상대방이 겁을 먹었으니까.

"하지만 우리는 누구에게도 알리지 않습니다."

물론 누구에게든 판다는 행동이 협박이 될 수도 있다.

"하지만 협박을 신고할 사람이 신고를 못 하게 만들어 버리면 되는 거죠."

수사가 들어가고 추적이 들어오면 관련 정보를 모조리 신고하면 그만이다.

"그리고 우리는 그때 법대로 하면 됩니다."

한 건이라도 협박으로 수사가 들어오면 가지고 있는 모든 정보를 신고하면 된다.

신고는 불법도 아니고 합법이며, 처벌 대상 아니다.

"그렇다면 복수재단은 여기서 어떤 역할을 하는 거죠? 정보 길드라는 곳의 존재 자체는 이해했습니다만, 복수재단은 이해가 안 가는데요."

노형진은 씩 웃었다.

"경매는 원래 경쟁자가 여럿이어야 가격이 오르는 법입니다."

"경매요?"

"네. 복수재단은 사회적 바름을 위해 만들어졌습니다. 자금력도 어느 정도 인정되죠. 그들이 포상금을 주고 비밀을 사서 경찰에 고발하는 건, 불법이 아니죠."

"……!"

다들 눈을 크게 떴다.

맞는 말이다.

복수재단은 사회적 올바름을 위해 고발을 진행할 테고 그 과정에서 돈을 줘야겠지만, 일반적으로 복수재단이 작전 한 번 하는 데 드는 돈을 생각하면 절대 부담스러운 금액이 아니다.

그리고 가격이 높아질수록 그 범죄는 치명적인 범죄라는 뜻이 된다.

"범죄자들에게는 개인적 싸움이라 개인 자금을 써야 하지만, 우리는 재단의 자금을 씁니다."

당연히 자금력에서 유리한 건 복수재단일 수밖에 없다.

"그 이후에는 뻔하죠."

범죄자들은 자신들의 범죄 기록이 있는지, 돈을 주고 확인해야 한다.

그리고 그 범죄 기록을 감추기 위해서는 정보 길드에 다시 적지 않은 돈을 줘야 하는데, 그마저도 복수재단과 경쟁을 해야 한다.

"확실히 대기업들을 손봐 주기에는 좋은 방법인데……."

담당자 중 한 명이 머리를 긁적거렸다.

"그런다고 해서 저희 복수재단 예산 문제가 해결되는 건 아닌데요. 그 문제도 해결할 거라고 하지 않으셨습니까?"

"그건 닥치면 아시게 될 겁니다, 후후후."

노형진은 자기 돈을 들여서 문제를 해결할 생각이 전혀 없었다.

"범죄자 놈들, 진짜 똥줄 타겠네요."

무서운 건 경쟁이다.

금액이 높아질수록 누군가가 자신을 확실하게 죽이기 위해 움직이기 시작했다는 의미니까.

비밀을 지키기 위해서는 더 많은 돈을 내야 한다.

비리로 번 돈을 모조리 꼬라박든가 아니면 모든 것을 다 잃어버리든가.

말 그대로 둘 중 하나가 죽을 때까지 싸우는 치킨 게임.

"정말 난리가 나겠네요. 과거의 청계와 비슷한 것 같았는데, 상세히 보니 전혀 다르군요."

과거 청계 법무 법인 역시 약점을 잡고 상대방을 이용하려고 했다.

"전혀 다르죠."

하지만 노형진은 전혀 다르다.

청계는 범죄를 의뢰받아 설계하고 그 증거를 잡아 상대방을 협박했지만, 이 계획은 궁극적으로 내부 고발자에게는 이익을, 그리고 범죄자에게는 파멸을 가지고 올 수밖에 없는 구조다.

약점을 감추려고 하는 순간 치킨 게임을 피할 수 없으니까.

"문제는 이제 어떤 식으로 정보를 모으느냐군요."

고문학은 턱을 문질렀다.

"이런 정보를 모으는 게 쉽지는 않을 텐데요?"

그는 걱정을 했지만 노형진의 계획은 상상을 초월했다.

"광고할 건데요."

"네? 광고요?"

"네. 주요 일간지에 광고할 겁니다."

입을 쩍 벌리는 고문학.

"내부 고발이 될 만한 정보를 모으겠다고 나서는 건 불법이 아니거든요. 후후후."

노형진은 눈을 반짝거렸다.

"이런 미친!"

"이거 제정신이야?"

"아니, 이런다고 내부 고발이 이루어져?"

주요 일간지에 올라간 광고.

그걸 본 사람들은 입을 쩍 벌렸다.

내부 고발자 대모집

정보 길드에서는 내부 고발자를 모십니다. 회사나 단체의 비리나 상관의 비리 또는 범죄행위에 대해 아시거나 그걸 증명하실 수 있는 분은 저희에게 해당 비리를 내부 고발하십시오. 저희가 해당 정보를 관리해 드립니다. 고발자분들의 신분은 철저하게 감춰 드립니다. 또한 그 정보에 관한 상응하는 대가를 지급할 수도 있습니다.

정보 길드라는 무척이나 판타지스러운 집단의 등장에 다들 어이가 없어 했다.

몇몇은 전화 연결을 해 보기도 했지만 거기서는 메일 주소만 알려 줄 뿐이었다.

거기에다 그 장소는 한국도, 유럽도 아니고 뜬금없이 아프리카다.

대체 왜 아프리카에 있는 단체에서 한국의 범죄자들 정보를 모으느냐는 궁금증이 일었지만, 그렇다고 해서 지지율이 낮은 건 아니었다.

도리어 당당하게 내부 고발할 수 있는 곳이 생겼다는 말에 지지율은 생각보다 높았다.

―정보 길드? 이놈들 미친 듯?

―판타지 세계에서 회귀한 사람들인가?

―이로써 판타지 세계가 존재한다는 게 증명되었다. 난 왼팔의 흑염룡과 함께 오늘 밤 넘어간다. 크크크.

―판타지 세계로 넘어가는 게 문제가 아닌데? 오늘부터 밤에 판타지 세계가 아니라 저세상으로 넘어가는 사람 여럿일 듯.

―와. 씨발. 최대 보상금 10억. 이거 실화냐?

-우리 부장 공금 횡령한 거 고발하러 가야겠다. 한 100만 원쯤만 줬으면.

-기업들 똥줄 타는 소리가 여기까지 들리네.

-똑딱똑딱, 시간폭탄 타들어 갑니다, 여러분. 과연 걸리는 곳은 어디인가!

-여러분! 이게 다~ 팝콘 각인 거 아시죠?

일단 모으는 정보가 회사의 기업 비밀도, 그렇다고 영업 비밀도 아닌 범죄 관련 전체에 관한 것이다 보니 사람들은 정보 길드라는 곳을 욕하지 않았다.

아니, 할 수가 없었다.

-이거 개인 정보 보호법 위반 아냐? 아니면 명예훼손이든가?

-네, 다음 비리자분?

-범죄는 개인 정보 보호법 대상이 아닙니다, 호갱님

-씨바, 벌써 여럿 쫄리는 거 봐라.

-근데 명예훼손인 거 어떻게 증명할 건데? 누가 제보했는지나 아냐? 그리고 단체에서 알고 경찰에 신고하는 게 명예훼손이 될 것 같지는 않은데?

-여기서 부정적인 댓글을 박제해 두자. 과연 여기서 얼마나 잡혀 갈까?

국민들의 압도적 지지를 받으면서 정보를 모으기 시작했지만 사실 제보 자체는 드러나지 않았다.

아니, 드러날 수가 없었다.

제보자의 안전을 위해 일단 메일로 일부 정보를 확인하고 신분 역시 확인한 후, 직접 만나는 건 철저하게 익명으로 매번 장소를 랜덤하게 바꿔 가면서 이루어지도록 해 놨으니까.

설사 경찰이 나온다고 해도 처벌할 만한 규정이 없으니 처벌 자체도 불가능했다.

도리어 이런 사건은 경찰에서 수사한다고 해도, 경찰이 얻어먹는 건 사건 은폐한다는 욕뿐이었다.

⚖️

"상상 이상입니다."

복수재단의 사무실에서 고문학은 핼쑥한 표정으로 말했다.

지금까지 내부 고발이 거의 이루어지지 않았기에 사실 그렇게 빨리 정보가 모일 거라고는 생각하지 못했다.

하지만 상상 이상으로 빠르게 정보가 모이고 있었다.

비밀리에 사람을 동원하느라고 접선하는 사람이 부족해서, 약속이 일주일 치가 밀려 있는 지경이었다.

"용기 있는 사람도 있겠지만 위에 있는 사람을 제거해 버리고 싶은 사람도 있겠지요."

그러면 자신이 성장할 테니까.

아니면 라이벌을 조용히 제거해 버리고 싶거나.

"중요한 건 정보가 엄청나게 쌓이고 있다는 거죠."

기업뿐만 아니라 사회 전반의 비리는 어마어마했다.

물론 대부분 큰돈을 주지는 못했다.

주고 싶어도 예산 문제로 줄 수가 없었다.

하지만 대부분의 사람들은 만족했다.

그럴 수밖에 없는 게, 이게 끝이 아니니까.

그 비리로 발생하는 총수익의 30%, 그게 제보자들에게 약속된 보상이었다.

그러니 나중에 그 돈이 훨씬 많아질 거라는 걸 알기에 다들 고개를 끄덕거릴 뿐이었다.

설사 팔리지 않아도 자기는 손해 보는 게 전혀 없으니까.

"아마도 지금쯤 살 떨리는 사람 여럿 있을걸요."

노형진은 그렇게 말하면서 시계를 힐끔 확인했다.

실제로 몇몇 사람들이 조용히 정보 길드에 접촉해서 자신의 비리가 제보된 바가 있는지 확인하기도 했다.

물론 비리가 있는 사람도 있었고, 여러 개인 사람은 그걸 확인하기 위해 더 많은 돈을 내야 해서 속이 엄청 쓰렸을 것이다.

그 범죄를 보는 데 들어가는 비용은 절대 적지 않으니까.

"이제 슬슬 시간이 되었네요."

"시간요?"

노형진의 말에 고문학은 고개를 갸웃했다.

"약속이 있으십니까?"

"아니요, 약속은 아니고요. 얼마 전에 복수재단에서 사회 정의를 위해 정보 길드를 통해 범죄 내역을 구입해서 고발하겠다고 발표하지 않았습니까? 그러니 그걸 막고 싶은 분들이 많을 겁니다."

처음이 어렵지 두 번째는 쉽다.

지금까지는 미심쩍으니까 누구도 정보를 사려고 하지 않았을 것이다.

당연히 이렇게 밀려드는 정보에도 불구하고 아주 큰 건은 없었다. 믿음이 없으니까.

"하지만 복수재단이 사서 그걸 까발리면 이야기는 달라지죠."

분명 진짜 존재하는 곳이고 약점이 쌓여 있으며 복수재단이 그걸 사서 공개하면 자신들에게 치명적인 약점이 된다.

당연하게도 그게 엄청나게 불편한 사람들이 있을 테니 그러한 행동은 막아야 한다.

처음은 복수재단이지만 나중에는 어떤 미친놈이 사서 공개할지 모른다.

라이벌이라면 충분히 그러고도 남는다.

그러니 누군가는 시작을 해야 했는데, 그게 복수재단이었다.

"그러니 우리를 막기 위해 나서는 분들이 있을 테지요."

"참 편하게 말씀하시네요."

"별로 불편할 건 없거든요."

노형진이 어깨를 으쓱하는 순간 문이 벌컥 열리면서 수십 명의 남자들이 들이닥쳤다.

"검찰에서 나왔습니다. 지금까지 하던 일 멈추세요. 압수 수색영장입니다!"

검사로 보이는 남자가 나서서 영장을 내밀었다.

노형진은 그걸 보고는 고문학을 돌아보면서 씩 웃었다.

"거봐요. 제가 시간이 다 되었다고 했죠?"

노형진은 웃으며 검사에게 다가가서 손을 내밀었다.

"주시죠."

"누구십니까?"

"복수재단의 고문 변호사 노형진이라고 합니다."

검사는 잠깐 똥 씹은 얼굴이 되었다.

하지만 이내 당당하게 영장을 내밀었고, 노형진은 그걸 보고 고개를 끄덕거렸다.

"정상적인 압수수색영장이네요. 다들 협조해 주세요. 지금부터 어떤 물건에도 손대시면 안 됩니다. 개인 물품의 경우 나중에 재단에 청구하시면 피해 보상을 해 드리겠습니다."

노형진의 말에 다들 떨떠름한 표정으로 물러났고, 검찰은 파지 한 장 연필 한 개 안 남기고 싹 쓸어 갔다.

그럼에도 불구하고 검사의 표정은 밝지 않았다.

'이쪽에서 순순히 협조하니 속상하겠지.'

그건 여기에 아무것도 없다는 소리니까.

실제로도 여기에는 아무것도 없었다.

합법적이고 정상적인 서류만 있을 뿐. 진짜 제보 서류들은 모처에 보관되어 있다.

"그나저나 빠르네요."

"뭐요?"

검사는 노형진의 말에 눈을 찌푸리면서 되물었다.

"뭐가 빠르다는 겁니까?"

"압수수색영장요. 사실 지금이 압수수색영장이 나올 시기는 아니지 않나요?"

"그건……."

검사는 아무런 말도 못 했다. 노형진의 말이 맞으니까.

'다급하니까 무리하게 영장 쳤겠지.'

정보 길드가 그 정보를 모으기는 했지만 단 한 번도 제보하거나 공개하지는 않았다.

심지어 그걸 팔거나 한 적도 없다.

오로지 제보되었는지만 전화 온 사람들에게 알려 줬다.

하물며 복수재단은 그걸 사서 공개한다고 의견만 표명했지 실제로 한 건 아무것도 없다.

그런데 다짜고짜 압수수색영장이 나왔다.

'그만큼 다급한 거겠지.'

그들 입장에서는 영장을 청구함으로써 자료를 빼앗고 압박을 하면서 제보를 막을 생각이었을 것이다.

'하지만 그건 내가 예상 못 했을 때의 이야기고.'

검찰이 올 걸 빤히 아는데 노형진이 그렇게 허술하게 처리할 리 없다.

'조금 서둘러서 때려야겠네.'

사실 지금 들어온 것 중 아주 중요한 제보는 없었다.

그럴 수밖에 없는 게, 이제 시작인 상황이고 미심쩍은 곳에 제보를 하려고 하는 사람은 별로 없기 마련이니까.

그곳이 설사 복수재단이라고 할지라도 제보자를 보호해 주리라는 믿음이 없으니까.

"조심해서 들고 가세요."

노형진은 웃으면서 그들에게 손을 흔들었다.

그리고 살짝 미소 지었다.

"이제 한 닷새만 기다리면 되겠네요."

텅 비어 버린 사무실에서 노형진은 느긋하게 말했다.

"그때까지 다들 쉬세요. 유급휴가입니다."

"어째 불안해지는데요. 닷새 후에 무슨 일이 벌어집니까?"

복수재단의 담당자는 걱정스러운 얼굴로 말했다.

노형진은 그런 그에게 작게 말했다.

"복수가 벌어집니다, 후후후."

닷새 후.

노형진의 예상대로 검찰은 제대로 조사를 못하고 있었다.

아니, 조사를 할 수가 없었다.

모든 서류를 깔끔하게 처리했고, 관련 증거는 남겨 둔 게 없으니까.

물론 소소한 걸 잡아내기는 했지만, 그건 잘해 봐야 벌금 조금 물릴 수 있는 정도였다.

"그리고 이제는 내가 복수할 타이밍이죠."

노형진은 웃으며 단상으로 나갔다.

닷새가 지났으니 사람들이, 아니 표적들이 공포에 떨 시간이었다.

"복수재단에서 기자회견을 한다는 게 무슨 의미일까?"

"글쎄, 검찰에 대해 뭐라 하려나?"

복수재단의 기자회견.

안 그래도 지난번 고발을 진행한다는 광고 이후에 모두의 시선이 쏠려 있는 상황에서 기자들은 특종의 냄새를 맡고 몰려왔다.

노형진은 그런 그들을 보며 미소를 지었다.

"친애하는 국민 여러분, 저희는 이제 제보받은 것에 대한 고발을 시작하겠습니다."

기자들 사이에서 순간적으로 침묵이 흘렀다.

그럴 수밖에 없는 게, 마치 같이 점심이나 먹자는 투로 너희한테 핵폭탄을 투하하겠다고 이야기한 꼴이니까.

"지금 뭐라고 하셨습니까?"

"고발을 진행한다고 했습니다만."

"아니, 왜요?"

"왜라니요? 저희 복수재단은 사회정의를 위해 내부 고발자를 대신해서 고발하기 위해 범죄 사실을 구입했습니다. 광고에도 나왔을 텐데요? 저희가 돈이 넘치는 것도 아니고, 그걸 쥐고 있을 이유는 없죠."

"그…… 그렇다고 진짜로 고발을 한다고요?"

"안 그럴 거면 왜 돈까지 줘 가면서 정보를 사겠습니까? 저희 복수재단은 사회정의를 추구하는 재단인데요."

기자들은 어이가 없어서 말이 안 나왔다.

당장 검찰에서 그 난리가 난 걸 뻔하게 알고 있는데 한 치의 흐트러짐도 없이 공개를 하겠다니?

"어떤 걸 제보하십니까?"

"당연히 이번에 구입한 전부죠."

"전부……."

기자들은 눈을 데굴데굴 굴렸다. 도대체 얼마나 많은 정보가 넘어갔는지 알 수가 없었으니까.

아니, 질문하기가 무서웠다.

사실 그 제보의 대상에는 기자들과 그들이 속한 언론사 역시 포함되어 있을 테니까.

"대표적인 사건 하나만 이야기해 주실 수 있습니까?"

"대표적인 예라……."

노형진은 잠깐 생각을 하다가 입을 열었다.

"대법원 판사의 사건 청탁 건이 예시가 되겠네요."

"사……건 청탁요?"

"네. 모 대법원 판사님이 뇌물을 받고 대기업의 사건을 뒤집어 주셨죠. 그 사건은 2심으로 다시 내려가서, 해당 기업이 무죄를 받았습니다. 받은 돈은 10억. 처조카의 차명으로 받으셨고, 출금 후에 스위스 계좌에 있던 돈과 합쳐서 안성에 8층짜리 빌딩을 한 채 사셨습니다. 아, 스위스 계좌 번호랑 비밀번호도 압니다."

기자들은 입을 쩍 벌렸다.

예시치고는 어마어마한 핵폭탄이었던 것이다.

"그게 사실입니까?"

"이미 해당 처조카의 계좌와 차명으로 산 안성의 땅, 빌딩 주소까지 다 확인했습니다. 심지어 그걸 중개해 준 부동산 업자와의 인터뷰까지 끝냈습니다. 사실 때도 부장판사 한 명을 대리인으로 보내셨더라고요. 정보 길드에서 보유한 정보가 상상 이상으로 정확하더군요."

"이런 미친……."

대법원 판사에게 터진 어마어마한 스캔들.

증거와 증인, 심지어 계좌 번호까지 있단다.

하지만 핵폭탄은 그것뿐만이 아니었다.

"그리고 이건 좀 생각지 못한 사건인데요."

"생각지 못한 사건?"

"부도지사님의 동성 성범죄 사건입니다."

"에?"

다들 어리둥절한 표정이 되었다.

성범죄라는 것부터가 기본적으로 절대 용납 못 할 범죄인데 심지어 동성 성범죄라니?

거기에다 지금 부도지사들은 다 남자다.

그런데 동성 성범죄라면…….

"부도지사님이 비서를 강간하셨더라고요. 그것도 남자 비서를."

"허억!"

"동성 강간!"

동성 강간. 이건 평소에 터졌으면 진짜 최소 몇 주는 페이지를 채울 만한 건수다.

"그 장소와 상황 그리고 어떤 곳에서 범행이 이루어졌는지, 그 사건을 무마하기 위해 피해자의 계좌로 2억을 주신 것도 알아냈습니다. 아, 물론 그 돈을 발송한 계좌는 차명 계좌더라구요."

"……."

기자들은 무서워졌다.

1차 제보분에 벌써 핵폭탄이 터졌다, 그것도 예시로 든 게.

상황이 이렇다 보니 계속 질문을 하면 자기들이 걸릴까 봐, 자기들이 다니는 언론사가 예시로 걸릴까 봐 질문을 할 수가 없었다.

그렇다 보니 황당하게도 기자회견장인데 질문이 한마디도 없는 기자회견이 되었다.

"질문 있으신 분?"

도리어 노형진이 질문이 있느냐고 물어봐야 할 지경.

'물어보기가 무섭겠지.'

노형진은 속으로 키득거렸다.

사실 해당 사건은 제보가 들어온 게 아니었다.

노형진이 작전을 짠 뒤 의심스럽고 사회적 파장이 아주 큰 사람들을 여럿 만나 기억을 읽어 내서 알아낸 사실이다.

'가능하면 충격적인, 그리고 큰 사건이 터져야 한다.'

그래야 상대방이 겁을 먹는다. 자잘한 게 아니라 큰 것도 제보가 들어간다고 생각할 테니까.

반대로 제보자들 입장에서는, 이렇게 큰 사건이 제보되었는데도 제보자의 신원이 보호된다고 하면 좀 더 마음 놓고 제보를 할 수 있게 된다.

"혹시나 해서 말씀드리는데, 제보자는 말씀 못 드립니다.

애초에 저희도 정보를 산 것뿐이라 알지도 못하고요."

그러자 누군가 손을 들려다가 슬쩍 내렸다.

'거봐, 저 버릇 못 고쳤네.'

제보자는 보호 대상이다.

하지만 그 기자는 분명 제보자가 누군지 물어보려고 했을 것이다.

"하지만 제보자가 누군지도 모르면 신빙성이 없는데요."

기자 중 한 명이 살짝 볼멘소리로 말했다.

'저런 인간이 나올 줄 알았다.'

그는 어떻게 해서든 제보자를 알아내고 싶은 것이다.

그래야 이번에 보복을 해 주고 입을 틀어막을 테니까.

"대신 증거는 명확하게 확보했으니 걱정하지 않으셔도 됩니다."

이미 해당 사건이 벌어진 장소의 CCTV나 주변 증언은 다 확보한 상황.

저들은 벗어나려야 벗어날 수가 없다.

계좌 같은 건 절대로 감출 수도 없고.

"그러고 보니 기자님 성함이?"

노형진은 실실 웃으면서 말했다.

그러자 그 미소에 그는 왠지 떨리는 목소리로 말했다.

"조동일보의 유신 기자입니다."

'알아.'

사실은 그가 어디의 누구인지 이미 알고 있다.

조동일보.

현 정권의 핵심 지지 세력이자, 이번 사건에 관련해서 가장 걸릴 게 많은 부패한 언론사 중 하나다.

'그리고 이미 네놈 기억도 읽어 놨지.'

아까 전 잠깐 기자들과 섞여서 이야기하면서 그의 기억도 읽어 놨다.

그래야 기자들에게 압박을 가할 수 있으니까.

물론 질문은 누가 할지 모르기 때문에 몇몇 적대적 언론사 출신 기자들의 기억은 다 읽어 놨다.

부패와 신고가 키워드인 만큼 그들은 자신들도 모르게 켕기는 부분을 생각하고 있던 터라 그들의 약점을 알아내는 것은 쉬웠다.

"그러고 보니 유신 기자님에 대한 제보도 있더군요."

"네?"

유신 기자는 얼굴이 핼쑥해졌다.

제보라니? 자신에 대한 제보라니?

"무슨 말도 안 되는 소리입니까!"

"제가 거짓말할 이유가 있나요? 어차피 여기서 이야기한 모든 사건은 다 검찰과 경찰에 접수될 텐데요. 아까도 말씀드렸다시피, 저희는 고발하기 위해 내부 고발을 모은 겁니다."

"헛소리! 아니, 내가 뭘 어쨌다는 거야!"

언성을 높이는 유신 기자.

하지만 그의 목소리는 격하게 떨리고 있었다.

'멍청하긴.'

사실 그가 아니더라도 다른 기자들의 약점을 생각하는 사람들이 많아서, 약점을 찾는 건 어렵지 않았다.

기자들끼리는 살인을 해도 감춰 주는 것이 보통이니까.

하지만 노형진이 알면 이야기는 달라진다.

"기자님, 모 기업에 악평을 쓰지 않는 대가로 1억 요구하셨죠?"

"아니야!"

"그리고 다른 기업에는 8천을 요구하셨고요."

"아…… 아니야! 아니라고!"

그는 주변에 기자들이 있는 것도 잊어버리고 격하게 부정했지만, 떨리는 눈과 목소리는 진실을 감출 수가 없었다.

"그리고 인터뷰한 거 곡해했다고 따지고 언론중재위원회에 신고하겠다고 하는 제보자를, 깡패를 시켜서 구타하셨잖아요? 인간이 어떻게 그럽니까?"

"아니…… 아니……!"

"아니라고요? 제보 내용은 다른데요. 그 사건이 벌어진 장소도, 동원된 깡패도 다 압니다. 서울 쪽은 걸릴 것 같으니까 고향 쪽에 있는 염원파를 동원하셨잖아요. 염원파 보스가 기자님 불알친구고, 현금으로 500만 원 주셨고."

유신 기자는 털썩 주저앉았다.

빼도 박도 못할 비밀이 튀어나왔다.

"이분 말고도 몇몇 분이 더 계시지만, 여기서 공개는 안 하겠습니다."

기자들은 아무런 말도 하지 못했다.

할 수가 없었다.

자신이 제보당한 게 아닌지 겁을 잔뜩 집어먹은 것이다.

그나마 딱 한 명이 손을 조심스럽게 들었다.

'자신은 깨끗하다 이건가.'

제보될 게 없으니 질문을 하겠다는 거였다.

"새벽일보의 조궁석 기자입니다."

"네, 질문하세요."

"그, 얼마 전에 검찰에서 대대적으로 압수 수색해 가지 않았습니까?"

"그렇지요."

"그런데 왜 따로 신고하십니까? 그곳에서 조사할 일이 아닌가요?"

'그렇지. 이게 정확한 질문이지.'

노형진은 속으로 쾌재를 불렀다. 기다렸던 질문이니까.

노형진이 시간이 남아돌아서 닷새나 기다린 게 아니었다.

"압수 수색해서 갔죠. 해당 사건들도 들고 가셨고."

"그런데요?"

"'그런데'가 아니라, 닷새나 지났습니다. 얼마나 더 기다려야 하죠?"

"아……."

기자들은 상황을 알아차렸다.

닷새나 지났다.

이 정도 사건이 있었다면 못해도 다음 날, 아니면 다다음 날에라도 뭐든 벌어졌어야 했다.

그런데 검찰은 조용했다.

'뭐, 가져간 게 없으니까.'

물론 그들이 가져간 사건 명단에 분명 넣어 놓기는 했다.

그래야 나중에 할 말이 있으니까.

하지만 노형진의 예상대로 검찰은 조사하지 않았다.

그걸 봤다면 당연히 관련자를 소환해서 사건 수사에 들어가야 하는데도 말이다.

"아무리 기다려도 수사를 하지 않아서, 저희가 나서서 기자회견과 고발을 하는 겁니다."

닷새나 지났는데 이 정도 사건을 조사하지 않는다.

그 말은, 검찰이 이미 내부적으로 사건을 묻는 쪽으로 방향을 잡았다는 것을 의미했다.

'그럴 거라고 생각했고.'

그러니까 그들은 다급하게 서류를 털어 갔을 것이다.

'물론 억울하겠지만…….'

사건 기록과 사건 증거 목록은 그 안에 있지만, 정작 중요 내용과 증거는 없었다.

 그러니 조심해서 접근하는 걸 수도 있지만…….

 '중요한 건, 검찰이라는 조직이 사건을 무마하려고 했다는 거지.'

 나라가 뒤집어질 정도의 사건을, 그것도 검찰이 덮으려고 했다. 당연히 그들에 대한 국민의 믿음은 깨질 것이다.

 '물론 깨질 믿음이 남아 있다면 말이야.'

 노형진은 속으로 쿡쿡거리면서 웃었다.

 "저희는 이번 고발 이후에도 계속 자료를 모으고 내부 고발자들을 환영할 것입니다."

 노형진은 자신 있게 말했다.

 그리고 기자들은 아무런 말도 하지 못했다.

⚖

 "기자들은 입 닥치고 있는데 인터넷만 난리가 났네."

 애초에 기자회견에는 기자들만 부른 게 아니었다.

 인터넷을 통해 생중계도 했다.

 "예상대로잖아?"

 언론사는 어느 곳도 이번 사건에 대해 기사를 쓰지 않았다.

 직감적으로 자기들이 고발 대상이라는 걸 안 것이다.

하지만 그들이 입을 다물었다고 해도 인터넷에 도는 것까지 막을 수는 없었다.

"검찰이 너 때문에 죽으려고 하더라."

오광훈은 느긋하게 커피를 마시면서 말했다.

"아니, 누가 그렇게 하래?"

단 한 번이라도 자신이나 복수재단의 담당자를 불러서 이 사건이 사실이냐고, 검증했다고 했으니 수사를 위해 증인과 증거를 제공할 수 있느냐고 물었다면, 노형진은 마지막 말은 하지 않으려고 했다.

하지만 검찰은 그러지 않았다. 그러니 어쩔 수 없었다.

"제보가 엄청 늘었다면서?"

"규모가 있는 제보라고 했으니까."

규모가 되는 사건이다 보니 그 보상금이 엄청나게 나갔다고 이야기했고, 당연히 그 돈에 눈먼 사람들이 자신이 아는 남들의 약점을 들고 오기 시작했다.

"물론 제보자가 특정될 수 있는 상황이라면 안 오겠지만."

하지만 그렇지 않은 경우라면 부담이 덜하다.

당장 노형진이 기자회견을 하면서 터트린 세 개의 사건은 제보자가 누구인지 알 수가 없는 상황이었다.

"결국 부패한 인간들이 할 수 있는 건 두 가지뿐이지."

첫 번째는 자신을 제보할 수 있는 위치에 있는 사람들에게 제보하면 죽여 버린다고 협박하는 거고, 두 번째는 자신이 범죄를 저질러서 얻은 과실을 나눠 주고 공범을 만드는 것이다.

"하지만 범죄자들이 후자를 택할 리 없지."

100억을 다섯 명이 나눈다면 한 명당 20억이다.

자신이 위험부담을 안고 빼돌렸는데 그걸 나눠 주기는 싫을 수밖에 없다.

당연하게도 그들은 나눠 먹기보다는 혼자 먹는 걸 선택한다.

사실 그럴 수밖에 없는 게, 아는 사람이 많을수록 위험한 게 정보다.

그런데 나눠 먹다 보면 아는 사람이 많아지고, 그들이 나눠 먹고 만족할 수도 있지만 제보를 해서 보상금까지 노릴 수도 있는 일이다.

"결국 그들이 할 수 있는 건 뻔하지."

어떻게 해서든 비밀을 감추도록 압력을 행사하는 것.

"하지만 그들은 몰랐을 거야. 정보라는 것 자체가 돈이 될 거라고는 말이지."

노형진은 히죽 웃었다.

"현대 정보 길드의 위력이 얼마나 강한지 두고 보자고, 후후후."

⚖

정보 길드라는 정체 모를 단체의 내부 고발 서비스.

그렇게 불리는 행동은 사회 전반에 어마어마한 영향력을 가지고 왔다.

대기업들과 정치계는 사회에 불신을 가지고 오는 행동이라고 주장하며 정보 길드를 성토했지만, 그렇다고 해서 막을 수는 없었다.

애초에 정보 길드 자체가 누가 만들었는지조차도 알 수가 없는 조직이었으니까.

"거기에다 막을 수 있는 법적인 방법이 없으니까."

정상적인 업무 정보가 아닌 범죄에 관련된 내용들.

해당 사항들만을 모아서 제보하겠다는 계획.

그건 법적으로 막을 수가 없다. 애초에 그걸 막는다는 것 자체가 자신들이 켕기는 것이 많다는 의미다.

"생각해 보면 정보 길드라는 아이디어 자체는 참 쓸 만한데 말이지."

오광훈은 머리를 긁적거렸다.

"그런데 왜 이런 사업을 지금까지 아무도 하지 않았을까?"

"간단해. 이런 사업을 하기 위해서는 외부의 압력을 두려워하지 않아야 하거든. 거기에다가 그 과실을 나눠 먹기 힘들잖아, 구조적으로."

당장 소설에서 주인공이 정보 길드에 어마어마한 돈을 주고 정보를 사도, 그 돈이 그 정보 제공자에게 가지는 않는다.

그러한 문제로 인해 소설에서나 상상 가능할 뿐 실질적으로 정보 길드에 정보를 제공할 사람은 없다.

정보를 제공해도 보상은 쥐꼬리만 하고 그 대가 대부분은 상부가 다 먹는데, 누가 정보를 주려고 하겠는가?

예를 들어 반역 정보를 정보 길드에 줬다고 생각해 보자.

그걸 제공한 사람은 아차 하면 목이 날아가지만, 그걸 팔아서 번 돈은 정보 길드가 가지고 간다.

더군다나 그런 판타지식 정보 길드의 문제점은 검증이 불가능하다는 거다.

진짜 반역이 이루어지는 건지 아니면 제보자가 거짓말을 하는 건지 검증하는 게 쉽지 않다.

그걸 검증하기 위해서는 다른 라인을 통해야 하는데, 그 말은 그 내부에 다른 정보 라인이 있다는 뜻이다.

그쯤 되면 정보 길드가 아니라 뒷세계 정부라고 해야 한다.

"하지만 이제는 시대가 바뀌었지."

특정하지 않은 방식으로 보상을 주는 방법은 많다.

현금을 줘도 되고, 아니면 추적 불가능한 국채를 줘도 된다.

이도 저도 안 되면 비트코인으로 줘도 된다.

물론 폭락의 가능성은 경고를 해 줘야 하겠지만.

거기에다 검증은 더 쉽다. 계좌 하나만 봐도 여러 가지를 알 수 있으니까.

증거를 잡기 위해 녹음을 하거나 사진을 찍는 것도 가능하고, CCTV 같은 건 사방에 널려 있으니까 동선 확인도 쉽다.

"과거처럼 정보를 접하는 사람들이 적은 것도 아니고 말이지."

정보를 캐내기 위해서는 그 정보에 접해야 한다.

가령 모 회사를 인수한다는 계획을 내부적으로 진행할 때, 그 정보를 흘릴 수 있는 사람은 그 일에 직접적으로 접근할 수 있는 극소수의 사람들일 수밖에 없다.

"그러니 전에는 내부 고발자가 누군지 특정하는 게 어렵지 않았지."

하지만 지금은 자리에 앉은 채로 정보에 접근할 수 있는 방법이 많아졌다. 더군다나 회사 내부의 업무 기밀도 아니고 범죄 관련 비밀은 소문이 더 잘 난다.

"그러니 제보자를 특정하기도 어렵지."

설사 그렇다고 해도 몇 가지 가공만 거치면 그걸 제보한 사람이 누구인지 특정하는 건 쉬운 일이 아니다.

"그리고 그 비밀은 쌓일수록 공포가 되지."

노형진은 그렇게 말하면서 시선을 신문으로 돌렸다.

검찰은 압수 수색까지 했는데 범죄 혐의가 없다고 발표했다가, 노형진이 사건을 공개하는 바람에 사건을 덮으려고 하는 게 아니냐는 의심을 받고 있었다.

아니, 다들 그렇게 믿었다.

"그리고 이런 경우 사람들은 검찰보다는 우리를 더 믿지."

노형진이 검찰이 미워서 엿을 먹이려고 그런 게 아니다.

그들에 대한 믿음이 떨어질수록 정보는 여기로 모인다.

"그리고 정보가 모일수록 우리는 강력한 힘을 가지고 말이지."

복수재단이 제대로 고발을 한 후에 계속 들어오는 제보.

하지만 이번에는 누구도 공격하려고 하지 않았다.

아니, 못 했다.

"검찰 내부는 어때?"

"지난번에 복수재단에 무리하게 영장 청구한 놈들, 모조리 모가지가 날아갔다."

오광훈은 어깨를 으쓱하며 말했다.

"당연하지."

그들 때문에 자기 추문이 드러난 사람들이 길길이 날뛰면서 당장 자르라고 지랄을 했을 테니까.

아무리 그들이 알아서 충성하기 위해 저지른 일이라고 해도, 결국 고발된 사람들에게 피해가 갔다면 답은 뻔하다.

"그러면 이제는 가격을 올릴 시간이군."

"가격?"

"그래. 말했잖아, 결국 이 모든 정보는 돈이라고, 후후후."

그리고 이 일을 하게 만든 탁송이 그 첫 번째 타깃이었다.

"어디 한번, 탁송에서 뭐라고 하는지 두고 보자고."

⚖

다음 날 회사 주변에 나타난 사람들을 보고 출근하던 사람들은 정신이 아찔했다.

정확하게 표현하면, 출근하던 사람들이 아니라 출근하던 임직원이라고 해야 할 것이다.

"탁송의 제보를 받습니다."

"탁송에 관련된 비리 제보받습니다."

"범죄 관련 비리를 제보해 주시면 그에 상응하는 금액을 드립니다."

회사 앞에서 뭔가를 뿌리는 사람들.

"너희들 뭐야!"

당연히 그걸 보고 임원들은 경비원을 불렀다.

"알바생인데요."

"알바?"

"네. 이거 전단지 뿌리는 알바를 하라고 해서요."

그들은 몰려온 경비들 앞에서도 당당했다.

알바라고 하지만 자신들이 하는 일이 정의로운 일이라는 것을 알고 있었기 때문이다.

"지금 뭐 하는 거야! 어! 여기가 어딘지 알고 이 지랄이야!"

"여기가 어디냐면요, 여기는 도로입니다만?"

"여기는 탁송이야!"

"아니죠."

알바를 하러 온 사람들은 이미 노형진에게 확실하게 교육을 받은 후였다.

어쭙잖게 다가가려고 하면 역습당한다고, 절대로 다가가지 말라고 했다.

　그래서 그들은 탁송이라는 기업 앞에서 전단지만 뿌릴 뿐 그쪽으로 다가가지는 않았다.

　"엄밀하게 말하면 탁송은 저 경비실 라인부터고요, 이곳은 지방 도로이고 시에서 관리하는 공용 도로로 분류됩니다."

　그러면서 알바생은 씩 웃었다.

　"그 위에서 이러한 전단지를 뿌리는 행위는 불법이 아니죠."

　"뭐?"

　"그러니까 법적으로 여기는 누구나 쓸 수 있는 곳이라는 거죠."

　공용 도로는 쉽게 말해서 누구의 소유도 아니다.

　정확하게 말하면 국가의 소유고, 국가에 소속된 누구라도 사용할 수 있는 공간이다.

　"이곳을 무단으로 점유하거나 신고하지 않고 시위를 하거나 한다면 모를까, 저희는 그게 아닌데요?"

　출근 시간을 이용해서 시위를 하는 것도 아니고, 범죄 사항이 있으면 신고하라는 사회운동을 하는 것뿐이다.

　"걸려고 하신다면 뭐, 그나마 경범죄 정도 되겠네요."

　경비들은 입을 쩍 벌렸다.

　"뭐라는 거야! 당장 이 새끼들 쫓아내!"

　임원들은 그런 경비원들은 아랑곳 않고 탁송 앞에서 전단지를 뿌리는 사람들을 쫓아내려고 지랄을 하기 시작했다.

얼마 전 벌어진 사태로 인해 얼마나 많은 사람들이 잡혀 들어갔던가?

하물며 현직 의원들까지 줄줄이 잡혀 들어간 상황에, 켕기는 게 많은 탁송 입장에서는 그냥 둘 수가 없었다.

"이 새끼들 당장 쫓아내! 아니, 경찰 불러, 경찰!"

경찰이라면 이들을 잡아갈 수 있을 거라 생각한 그들은 경찰을 부르라고 성화를 부렸고, 그래서 경찰이 왔다.

하지만 그들 또한 알바생들 말에 고개를 끄덕거릴 수밖에 없었다.

"이분 말씀이 맞습니다. 여기서는 어떻게 못 해요."

"뭐요?"

"아까 이분들이 설명드렸다고 하던데요? 공개 구역에서는 뭐라고 할 수가 없어요."

탁송의 임원들은 입을 쩍 벌렸다.

이곳은 탁송제과로 출근을 하기 위해서는 누구나 거쳐야 하는 곳이다.

당연하게도 그렇게 출근하는 사람들의 손에는 하나씩 그 전단지가 들려 있었다.

"이거 명예훼손이니 그런 거 아니야? 어, 어?"

"이들이 뭔가 한 게 아니지 않습니까? 그냥 제보하실 게 있다면 제보하라고 하는 것뿐이고."

경찰은 머리를 긁적거렸다.

안다, 이들이 왜 이렇게 예민하게 구는지.

자기 관내 기업인데 모르겠는가?

썩어 빠질 대로 썩어 빠진 기업이지만, 위에서 압력이 내려와서 어쩔 수 없이 놔두는 상황.

'그런데 이런 식으로 노리고 치기 시작하면 난리가 나겠지.'

정보 길드라는 그 빌어먹을 놈들에 대한 소문은 이미 파다하다.

대법원장의 비리를 제보한 사람이 7억이라는 돈을 현금으로 받아 갔다는 소문.

그렇게 모은 걸 제보함으로써 한번 피바람이 불었기에 모를 수가 없다.

"야! 너희 지금 뭐 하는 거야! 내가 그냥 넘어갈 것 같아!"

지랄하는 임원을 보면서 경찰은 혀를 끌끌 찼다.

안 봐도 뻔하다. 서장에게 지랄하겠지.

서장 역시 여기 주식을 가지고 있는 사람이니까.

"하지만 안 되는 건 안 되는 겁니다."

아무런 혐의도 없이 자신들이 이들을 폭행하면 일이 커진다.

더군다나 척 봐도 길 건너편에서 몇몇 사람들이 이 장면을 찍고 있다.

"저희가 이거 강제로 해산시키면 저희가 고발당해요."

그리고 그에 대한 보상을 탁송에서 해 줄 리 없다.

"저희는 해 드릴 수 있는 게 없습니다. 원하시면 경범죄로 딱지는 떼어 드릴 수 있습니다만, 강제해산은 불가능하네요."

경찰들이 어깨를 으쓱하자 임원들은 분노로 부들부들 떨었다.

하지만 그들이 부들부들 떨든 뭘 하든, 알바생들은 계속 지나다니는 사람들에게 전단지를 나눠 주고 있었다.

"범죄자 제보 부탁드립니다."

"아시는 범죄가 있으면 꼭 제보해 주세요. 철저한 익명을 보장해 드리고, 보상도 해 드립니다."

⚖

"한마디라도 입만 뻥긋해 봐. 다 죽는 거야! 알아!"

탁송의 조례 시간.

평소에는 뻔한 공치사나 안전이니 뭐니 하는 뻔한 말, 또는 일을 제대로 못한다는 욕이나 나올 자리.

하지만 오늘은 평소와 다르게 발끈한 부사장이 거품을 물고 있었다.

"여기가 망하면 너희가 어디로 갈 수 있을 것 같아! 어! 너희들이 입만 뻥긋해도 여긴 망하는 거야. 그러니까 무조건 입 닥치고 있어! 절대 아무런 말도 하지 마!"

자기들이 한 일이 있기에 켕기는 그는 직원들에게 협박 아닌 협박을 끝도 없이 토해 냈다.

하지만 그렇게 말하는 부사장을 보는 직원들의 마음은 차 갑기 그지없었다.

'내가 미쳤다고 그냥 두나?'

'언젠가는 끝장을 보자고 했지.'

지금까지 탁송의 사원들이 신고를 안 한 게 아니다.

하지만 경찰이고 검찰이고, 신고해 봐야 사건은 무마되고 자신들만 해직당했다.

사실 해직으로 끝나면 문제가 아니다.

이런 열악한 환경에서 일하는 사람이 좋다고 다닐 리 없다.

당연하게도 회사에서는 여기서 잘리거나 나간 직원이 취업 하지 못하도록 방해했고, 그 때문에 이들은 나갈 수가 없었다.

'하지만 차라리 여기가 망하면 더 나을지도.'

최소한 다른 곳에 자리 잡으려고 하는 사람을 취업 못 하 게 방해하지는 않을 테니까.

"뭘 생각 하는지 알아! 하지만 너희가 아무리 지랄해도 결 국 승리자는 우리야! 우리가 어디 한두 번 싸워 본 줄 알아? 엉뚱한 생각 하지 말고 조용히 일해! 알았어!"

부사장은 자신의 떨리는 목소리에 침을 꿀꺽 삼켰다.

어찌해야 할지 도무지 감이 잡히지 않았다.

물론 지금까지 실제로 많이 싸웠고, 진 적은 없다.

자기들이 누구인가? 원하면 시장도 갈아 치울 수 있는 사람들이 아니던가?

하지만 지난번 뉴스가 영 꺼림칙했다.

검찰에서 영장을 청구하고 그걸 집행하자, 바로 그동안 모았던 사건들을 터트린 일.

그런데 그 안에는 자신들을 훨씬 능가하는 사람들이 있었다.

'그래, 우연이겠지. 우연일 거야.'

그는 그렇게 생각하면서 눈을 찌푸렸다.

'충분히 해결할 수 있어. 충분히.'

부사장은 그렇게 생각하고 있었다.

지금 이 시간에도 사장이 그들을 만나서 작전을 짜는 중이라고, 그는 믿어 의심치 않았다.

⚖️

"무리야. 그 새끼들은 건드릴 수가 없어."

탁송의 사장인 서라성은 경찰청장의 말에 기가 막혀서 말이 안 나왔다.

"청장님? 그 새끼들을 왜 못 건드린다는 겁니까? 그 새끼들이 뭘 가지고 있는지도 모르는데요!"

"그게 문제야. 그 새끼들이 가진 정보가 뭔지 알 수가 없다고."

경찰청장은 머리가 지끈거렸다.

지금 이런 청탁을 해 오는 사람이 한두 명이 아니다.

하지만 반대로 그보다 더한 청탁도 들어오고 있었다.

"위에서 뭐라는지 알아? 잠자코 있는 애들 코털 건들지 말란다."

"코털요?"

"그래. 척 보면 몰라? 검찰에서 영장을 청구해서 그 새끼들이 모은 자료를 싹 털어 가니까 바로 고발을 넣으면서 까발렸잖아. 그걸로 날아간 사람이 어디 한두 명이야? 건들지 마라이거잖아. 이 새끼들이 이거 무기 삼으려고 하는 거라고."

"그러면 미리 막으시는 게……."

"그러니까 어떻게? 우리가 조금만 움직여도 같이 죽자고덤비는 새끼들인데! 뭐로 막으라고?"

힘이 없는 놈들이라면 다른 방법이라도 써 보겠는데, 아무리 그래도 복수재단은 힘이 없는 곳이라고 볼 수가 없다.

예산도 어마어마하고 거기에다 자금력도 엄청나다.

외부에서 대출받거나 그러는 것도 아니고, 사회단체라고정부 지원금도 안 받는다.

거기에다 그들이 정보를 사는 곳은 해외에 있는 정보 길드라 막을 방법이 없다.

홈페이지는 있지만 문제의 소지가 있는 콘텐츠를 포함한 사이트를 운영하는 것도 아니니 유해 사이트로 막을 수도 없다.

홈페이지에 있는 건 연혁과 고발에 관한 안내뿐이었다.

"뭐든 약점이 있어야 잡고 흔들지."

문제는 그런 게 전혀 없다는 것.

"위에서는 괜히 건드려서 미쳐 날뛰게 하지 말라고 하더라고."

"그러면 어쩌라는 겁니까?"

"그걸 왜 나한테 따져!"

청장은 발끈했다.

자신이 탁송의 주주 중 한 명이라고 하지만, 그렇다고 해서 서라성의 아랫사람은 아니다.

아니, 엄밀하게 말하면 자신이 위다.

"지금 내가 병신으로 보여? 어? 지금 네가 해결하라고 하면 다 해결하는 심부름꾼으로 보이냐고!"

"아니…… 그게 아닙니다, 서장님. 죄송합니다."

서라성은 아차 싶어서 눈을 데굴데굴 굴렸다.

이제야 상황을 알아챈 것이다.

"이 새끼들이 뭘 쥐고 있는지를 알아야 우리가 반격할 수 있는데 뭘 쥐고 있는지 모르잖아. 막말로 핵폭탄급 사건이라도 하나 들고 있어 봐. 그거 어쩔 건데? 어?"

"……."

"후우, 일단 접촉해서 방법을 찾아봐. 그 이후에도 방법이 없으면 위에 이야기해 볼 테니까."

서라성은 눈을 찌푸렸지만 뭐라고 반박할 수가 없었다.

탁송의 수뇌부는 문제가 터질까 봐 전전긍긍하며 직원들을 협박했다.

하지만 도리어 그게 역효과라는 것을 그들은 몰랐다.

그들의 그러한 협박조차도 녹음되어서 모조리 정보 길드에 넘어가고 있다는 걸, 그들은 몰랐다.

그리고 혹시나 하는 마음에 접촉해서 알아낸 정보는, 탁송 입장에서는 정신이 아득한 것이었다.

탁송 관련 범죄 내역은 총 389건. 그중 개인 범죄 내역 245건, 기업 범죄 내역 144건입니다. 사장님이 관련된 범죄 내역은 총 31건입니다.

서라성은 정신이 아득해졌다.

어마어마한 범죄 내역이다.

"내가 이렇게 죄를 많이 저질렀다고?"

그는 말문이 막혔다.

자신이 저지른 잘못이 이렇게나 많을 줄은 몰랐던 것이다.

그는 자신이 갑이라는 이유로 저지른 많은 범죄들을 전혀 기억하지 못했다.

하지만 당한 사람들은 기억한다.

더군다나 요즘은 아예 작정하고 직원들이 녹음을 하고 다니기에, 욕 한마디 갑질 하나까지 모조리 제보되는 중이었다.

"아니야……. 그럴 리 없어……. 그럴 리가……."

그는 덜덜 떨리는 손으로 내역을 확인했다.

하지만 그 내역은 번호만 적혀 있을 뿐 뭐가 어떤 건지 적혀 있지 않았다.

"염병……."

이걸 보는 방법은 단 하나, 돈을 주고 사는 것.

그건 사건 당사자라고 해도 얄짤 없다.

"무슨 돈을……."

그는 머리를 부여잡았다.

수많은 번호들. 그 옆에는 모두 가격이 붙어 있었다.

작게는 10만 원부터, 크게는 무려 1억까지.

따라서 이걸 다 돈을 내고 열람한다는 건 불가능했다.

'그, 그래도…….'

혹시나 거짓말일 수도 있다고, 자신들에게 뻥카를 치는 걸 수도 있다고 그는 그렇게 생각하면서 떨리는 손으로 계좌 이체를 했다.

가장 싼 범죄 내역, 10만 원짜리를 확인하기 위해서였다.

증거가 있어야 하니까.

그리고 그 증거는 파일 형태로 날아왔다.

─오늘 아주 쭉빵인데? 누구한테 가랑이 벌리냐? 아주 보지가 벌

렁벌렁하겠어?

듣자마자 혐오가 올라오는 음담패설.

언제 녹음했는지도 모르겠지만 자신의 목소리가 맞다.

-누구를 만나는데 이렇게 꾸몄어? 내가 미리 촉촉하게 적셔
줄…….

서라성은 스피커에서 나오는 자신의 목소리가 너무나 혐
오스러워서 파일을 꺼 버리고 머리를 부여잡았다.

이런 말을 했던 자신을 죽여 버리고 싶었다.

"이거 도대체 언제 녹음한 거야?"

워낙 이딴 식으로 이야기한 일이 많으니 누구한테 한 말인
지 언제 한 말인지 생각도 안 났다.

그리고 알았다. 여기에 있는 파일이 모두 진짜라는 사실을.

자연스럽게 그의 시선은 1억짜리 사건으로 향했다.

10만 원짜리 녹음 내역도 공개되면 사회적으로 매장될 수
준이다.

처벌 자체야 얼마 되지 않겠지만, 최소한 벌금은 나올 것
이다.

문제는 벌금이 아니다.

이게 공개되면 아마 그를 아는 모든 사람들, 특히 딸들은
자신을 짐승 이하로 볼 게 뻔했다.

안 그래도 사춘기여서 잔뜩 불만이 쌓이는 상황인데 그건
피할 수가 없었다.

'씨발, 좆 되어 버렸다.'

누군가 이걸 공개한다면, 처벌은 둘째 치고 그는 끝장이다.

특히 1억짜리, 저게 문제다.

회사의 비리로 분류되어 있기는 하지만 서라성의 예상이 맞는다면 그건 분명 횡령과 관련된 내용일 텐데, 외부에 드러난다면 다른 주주들이 자신을 죽여 버리고도 남을 만한 일이다.

"이걸…… 어떻게 하지?"

그는 이를 악물었다.

공개할 수는 없는 사건들. 그렇다면 방법은 하나뿐이다.

'잠금…….'

일정 금액을 주면 해당 자료를 잠글 수 있다.

그렇게 들었다.

문제는 잠금이라는 서비스를 이용하기 위한 금액 자체가 결국은 정보 길드의 추후 예상 수익 전부를 포기하게 하는 것이기에, 상당한 금액을 보상해 줘야 한다는 거다.

"5억인가?"

자신의 범죄의 열람을 잠그는 데 들어가는 돈은 총 7천.

그리고 회사의 범죄를 감추는 데 들어가는 돈은 4억 3천.

보는 것보다는 싸지만, 잠금이라고 해서 완벽한 것도 아니다.

누군가 더 많은 돈을 주고 그걸 열람하고자 한다면 그 돈을 돌려주고 거래를 받아들일 거라는 경고는 이미 들었으니까.

쉽게 말해서 열람에 필요한 돈을 모조리 미리 지급하고 누구도 보지 못하게 한다는, 일종의 선불일 뿐이다.

"염병……."

그는 눈을 찌푸렸다.

하지만 그냥 공개되도록 둘 수는 없었다.

⚖️

"이 인간들은 생각이라는 걸 하고 돈을 내는 걸까?"

노형진은 스위스 비밀 계좌에 쌓이는 돈을 보면서 혀를 끌끌 찼다.

자신들의 범죄 내역을 확인한 놈들은 다급하게 돈을 내면서 잠금 서비스를 신청했다.

작게는 수천만 원, 크게는 수억씩 내는 통에 스위스 통장 잔고는 하루가 아니라 시간 단위로 늘어나고 있었다.

"예상한 거 아닙니까?"

"예상한 거죠. 그래서 더 씁쓸한 거고요."

노형진은 한숨이 나오는 얼굴로 말했다.

"그 말은, 이 돈이 다 그렇게 빼돌린 돈이라는 소리잖습니까?"

"아……."

그들이 돈이 넘쳐서 주는 게 아니다.

자신들이 빼돌린 돈으로 다급하게 틀어막는 거다.

"뭐, 예상은 했지만."

노형진은 슬쩍 다른 화면을 바라보았다.

제보자들에게 준 돈에 관한 보고서였다.

제보자들에게 실제로 돈을 주고 있다는 증거가 나오자 제보는 어마어마한 속도로 늘어나고 있었다.

하지만 걱정은 되지 않았다.

그들에게 줘야 하는 돈보다 들어오는 돈이 더 많으니까.

"그들을 고발하는 게 사회적으로 더 도움이 되지 않아요?"

"사회적으로? 당연히 도움이 되지요."

노형진은 당연하다는 듯 말했다.

"하지만 그렇게 하면? 그 돈 받아 낼 수 있습니까?"

"그건 아니긴 하군요."

범죄자들은 바보가 아니다.

그들은 대부분 돈을 다른 곳에 감춰 두고 산다.

100억을 횡령해도 기껏해야 5년 정도 옥살이하고 나오면 그 돈이 자기 돈이 된다.

민사야 걸리겠지만, 감춰 둔 돈으로 현금으로 생활하면 부족함 없이 살고도 남는다.

"그러니 최대한 뜯어내야지요."

노형진은 담담하게 말했다.

"하지만 뜯어낸다고 해도 결국 다른 사람들이 그 사람의 범죄 내역을 사려고 하면 돌려주는 게 조건이잖습니까? 그러면 뜯어낸다는 의미가 없는 것 같습니다만."

물론 그때는 잠금 서비스 비용보다 더 많은 돈을 내야 한다는 조건이다.

그리고 횡령으로 돈이 많은 놈들 입장에서는 어떤 미친놈이 그러겠느냐는 생각을 할 것이다.

"돌려주죠. 자기 계좌로."

"네? 자기 계좌요?"

"네. 타인 계좌? 안 됩니다. 보내 준 계좌? 안 됩니다. 자기 명의로 된, 자기 계좌로 줄 겁니다."

노형진은 씩 웃었다.

"그러면 그게 터졌을 때 어떻게 될까요?"

"아, 그러네요."

만일 누군가 터트렸을 때 그 돈은 그대로 계좌에 있거나 흔적이 남아 있을 수밖에 없다.

그렇다면 그걸 추적해서 받아 내는 것은 어려운 일이 아니다.

"제가 생각 없이 돌려주겠다고 한 거 아닙니다."

남의 계좌나 차명 계좌로 돌려주는 것은 기본적으로 허락하지 않는다.

어찌 되었건 그들은 그 돈을 내놓는 순간 빼앗길 수밖에 없는 것이다.

"노 변호사님은 진짜 생각도 못 한 방법을 쓰신다니까요."

고문학은 고개를 절레절레 흔들었다.

돌려준다기에 돈만 더 받으면 된다는 의미인 줄 알았더니, 그게 아니라 돈을 회수하기 위한 설계라니.

"그리고 그러기 위해서는 최대한 가격을 올려야지요."

"어떻게요?"

"전에도 말씀드렸다시피 가격을 올리는 데는 경쟁이 최고죠, 후후후."

"뭐?"

서라성은 그에게 온 문자에 눈을 찌푸렸다.

'이게 뭔 소리야?'

-구매자 나타남.

-관련 정보 : 정보 대상자의 뇌물 수수 혐의와 기타 관련 범죄 정보 전부.

-잠금 서비스 비용 : 총 4억 3천만 원.

-대상 지급 비용 : 4억 8천만 원.

-잠금 서비스 비용을 돌려받으실 계좌를 알려 주시기 바랍니다. 또는 대상 지급 비용의 10% 추가 금액을 내주시기 바랍니다.

그걸 보면서 서라성은 등골이 오싹했다.

무려 4억 8천만 원을 내겠다는 놈이 있다.

그것도 그와 탁송을 노리고 말이다.

잠금 서비스 비용에 대한 규칙은 간단하다.

무조건 10%의 상승. 자잘하게 몇천 원, 몇만 원씩 올리는 걸 막기 위해서다.

그러니까 4억 3천만 원에 10%를 더하면 원래 4억 7,300만 원이다.

그런데 상대방은 무려 4억 8천을 냈다.

즉, 그의 약점을 확실하게 찾으려고 작정했다는 의미다.

"염병! 어떤 새끼야! 어떤 새끼지? 누구지?"

의심이 가는 사람이 너무 많았다.

부사장?

확실히 그 새끼라면 그를 쳐 내고 사장 자리를 노릴 만하다.

그리고 그 정도를 낼 수 있을 만큼 빼돌린 것도 많다.

상무?

물론 그러고도 남을 놈이지만, 자금력이 의심스럽다.

다만 다른 외부 세력이 들어온 거라면 이야기는 달라지지만.

'아니면 복수재단?'

그가 생각하는 최악의 대상, 복수재단.

그들에게 몇억은 부담스러운 수준이 아니다.

더군다나 그들은 정보를 사서 고발한다고 대놓고 못 박은 상황.

그들에 의해 그 범죄가 다 드러나면 그의 인생은 끝장난다.

"하지만……."

무려 4억 8천만 원의 10%를 더 내야 한다. 그러면 5억 2,800만 원.

"으으으……."

첫 번째 잠금은 회삿돈으로 어떻게 수습했다지만 10% 올라가는 부분에 대해서는 메꿀 방법이 없다.

개인 자금으로 내야 한다.

그 생각에 서라성은 손이 부들부들 떨렸다.

하지만 모든 것을 잃어버리든가 아니면 조금 손해 보든가, 선택해야만 했다.

그리고 답은 이미 나와 있었다.

"제발……."

그는 자신의 비리를 사려고 하는 사람이 복수재단이 아니기를 빌며 잔액을 계좌 이체했다.

⚖

치킨 게임.

둘 중 하나가 죽을 때까지 싸우는 멍청한 게임을 뜻한다.

한쪽이 물러설 때까지, 또는 둘 다 죽을 때까지 싸우며,

끝까지 물러서지 않은 자가 모든 것을 독식하는 구조다.

원래 과거 미국의 젊은이들이 자동차를 몰고 서로에게 돌진하는 게임을 했는데, 여기서 겁먹고 핸들을 돌리는 사람을 치킨이라고 놀린 데서 그 이름이 비롯되었다.

"하지만 이쪽은 망할 일은 없지."

노형진은 느긋하게 말했다.

당연하다. 외부적으로는 복수재단과 정보 길드는 개별이지만 사실은 같다.

이쪽에서 얼마를 올리든, 결국 정보 길드의 돈은 다시 복수재단으로 들어오는 구조다.

그러니 100억이든 1천억이든 부담이 없다.

'하지만 범죄자 입장에서는 입술이 바짝바짝 마를 테고.'

그 정도 돈을 횡령하거나 가진 범죄자는 없다.

그리고 그건 기업도 마찬가지다.

그 정도 돈이 훅 나가면 기업에 흔적이 남지 않을 수가 없으니까.

결국 최종 승리자는 언제나 복수재단과 정보 길드다.

물론 모든 싸움에서 이길 수는 없다.

자잘한 싸움에서는 져 줘야 한다.

하지만 큰 기업들을 대상으로 할 때는 져 줄 생각이 없었다.

띠링.

한 번 더 울리는 벨 소리.

입금이 확인되었다는 문자 내역이다.

이제 서라성의 잠금 서비스 비용은 11억.

"도대체 이 새끼는 얼마나 해 처먹은 거야?"

노형진은 혀를 끌끌 차면서 핸드폰을 집어 들었다.

그리고 아프리카에 있는 사람에게 느긋하게 문자를 보냈다.

－12억 4천만 원, 콜.

⚖

"으아아!"

서라성은 미칠 것 같았다.

잠금 서비스 비용이 34억까지 뛰었으니까.

계속 잠그다 보니 현재 가진 모든 돈을 꼬라박게 되었다.

처음에는 돈을 아끼기 위해 잠그려고 했지만, 나중에는 감옥에 가지 않기 위해 발악하다시피 들이부어야 했다.

문제는 상대방이다.

그가 낸 돈이 34억인데 상대방은 더 불렀다.

－현재 잠금 서비스 비용은 37억 4천만 원. 차액을 입금하시겠습니까?

무려 3억 4천을 더 넣어야 한다.

하지만 그럴 돈이 없다.

제한 시간은 12시간. 그리고 그 시간은 이미 지났다.

띠링. 다시금 날아온 문자.

하지만 이번에는 정체 모를 그 정보 길드라는 곳에서 온 것이 아니었다. 은행에서 온 문자였다.

서라성은 그걸 보고 정신이 아득해졌다.

확인하고 싶지 않았지만, 확인하지 않을 수가 없었다.

–34억이 입금되었습니다.

서라성 명의의 계좌로 들어온, 무려 34억의 돈.

그 말은 자료가 그를 죽이려고 하는 곳에 넘어갔다는 소리다.

"망했다."

그는 자리에 털썩 주저앉았다.

하지만 그는 그 부분만 생각했지 다른 곳에서 또 문제가 생길 거라고는 상상도 하지 못하고 있었다.

⚖

같은 시각, 탁송의 부사장은 문자를 받았다.

-잠금 서비스 비용은 1억 2천. 열람 비용 청구 1억 4천에 청구가
들어왔습니다. 다시 한번 잠그시겠습니까?
　-저희 복수재단에서는 중견기업 탁송의 비리 내역을 공개합니다.
그 범죄는 탈세, 횡령, 주가조작, 성추행, 성매매, 폭력 등이며······.

⚖️

　기업 하나가 그렇게 날아가고 있었다.
　수백 건의 고발이 한꺼번에 들어가면서 기업은 버틸 수가
없는 수준이 되어 버렸다.
　아무리 탁송이 전관 기업이라고 하지만 이 정도 비리를 감
출 수는 없었다.

　-오늘 탁송의 서라성 사장이 체포되었습니다. 서라성 사장은······.

　고개를 푹 숙이고 끌려가는 서라성.
　그리고 복수재단 사람들은 그를 보면서 혀를 끌끌 찼다.
　"탁송 아주 작살나겠던데요?"
　아무리 힘이 있으면 뭐 하나?
　복수재단에서 작정하고 달려들자 아무리 전관이 힘을 써
도 막을 수가 없는 수준이었다.
　작게는 성추행부터 크게는 횡령까지 팀장급 이상이 모조

리 전과 달고 수사에 들어가자 회사는 운영 자체가 불가능해졌고, 탁송의 주가는 바닥을 지나서 아예 맨틀까지 뚫고 들어갈 기세였다.

"멍청한 사장이 삽질한 거죠."

노형진은 코웃음을 쳤다.

사장은 다급한 마음에 닥닥 긁어서 돈을 보냈다.

그런데 그게 금융 당국에 바로 걸렸다.

사실 한국에서 하루에 2천만 원 이상 이동되는 금액은 다 금융 당국에 따로 보고된다.

특히나 그중에서도 의심스러운 대상은 따로 조사가 들어가는데, 멍청한 사장이 다급한 마음에 그걸 깜빡하고 수억씩 계속 보낸 것이 실책이었다.

결과적으로 복수재단이 고발도 하기 전에 그와 탁송에 대한 금융 조사가 이루어지기 시작했던 것.

"탁송의 주가가 적당히 떨어지면 복수재단에서 인수하는 쪽으로 하세요. 무슨 소리인지 아시죠?"

"네."

탁송의 주식은 똥값이 되어 버렸다.

그런데 그 회사가 망하면 그곳에서 일하던 사람들은 갈 곳이 없다.

그러니 아예 회생 가능성이 없는 곳이라면 모를까, 충분히 회생이 가능하고 사회적으로 필요한 기업이면 싼 가격에라도 인수해서 살려야 한다.

"그런데 왜 저희가 인수하는지 모르겠습니다. 어차피 자금은 노 변호사님이 내시는 거 아닌가요? 그냥 노 변호사님이 인수하시는 게 나을 것 같은데요."

하지만 노형진은 고개를 흔들었다.

"그러면 이미지 못 고칩니다."

"못 고친다고요?"

"네. 탁송의 이미지는 지금 너무 안 좋으니까요."

탁송은 범죄의 소굴처럼 이미지가 바뀌었다.

물론 주가가 어마어마하게 떨어졌으니 당연히 사려고 하는 사람들이 있을지도 모른다.

"하지만 국민들이 보기에는 그게 기존 세력이 장난치는 건지 아니면 진짜 제대로 운영해 보려고 하는 건지 알 수가 없지요."

"아……."

실제로 그런 경우는 많다.

회사를 판다고 온갖 장난을 다 해 놓고 결국 끼리끼리 회사를 넘겨주는 것이다.

"하지만 복수재단은 아니죠."

스스로 수십억을 들여서 탁송을 날려 버린 곳이다.

사회정의를 위해 그렇게 돈을 낸 곳인 만큼, 사람들이 믿음을 가질 것이다.

"거기에다 우리는 그만큼 싸게 사니까요."

공식적으로 수십억을 썼다고 하지만 탁송의 주식가격은 똥값이 되었다.

기존 탁송 가격을 기준으로 생각하면 그렇게 지급한 돈을 계산에 넣어도 100억 이상 싸게 사는 셈이다.

그리고 이건 주가조작이 아니다.

당연히 명백한 합법이다.

"그리고 탁송에서 나오는 돈으로 재단을 운영하시면 됩니다."

복수재단 사람들의 얼굴이 환해졌다.

"이래서 예산 문제는 기다리면 해결할 수 있다고 하신 거군요!"

더군다나 탁송이라는 기업을 날려 버림으로써 기업과의 싸움은 피하고 작은 가게만 노린다는 얼토당토않은 말은 씻은 듯이 사라지게 되었다.

"어, 그건 아닌데요."

그런데 예산 문제에 대해 노형진은 아니라고 고개를 흔들었다.

"예산은 다른 분들이 주실 겁니다."

"네? 이해가 안 가는데요. 다른 사람, 누가요?"

이런 식으로 회사를 사서 정상적으로 운영하면 분명 돈이 된다.

그렇지만 그걸 누가 주지는 않을 것 같기에 다들 고개를 갸웃했다.

하지만 그 궁금증은 금방 풀렸다.

"여기 복수재단에 기증하고 싶다는 사람들 명단입니다."

명단 하나를 꺼내 드는 노형진.

그걸 보고 다들 당황했다.

지금까지 복수재단에 기증하는 사람은 거의 없었다.

거의 노형진의 자금으로 운영되었고, 기증이 들어와도 10만 원 정도의 아주 작은 금액 수준이었다.

그런데 이번 기증 목록은 실로 말문이 막힐 지경이었다.

"5천? 3천? 이건 1억?"

몇천에서 몇억까지, 어마어마한 금액이었다.

"이해가 안 됩니다. 왜 우리한테 기증을 하죠?"

자신들은 기업들 입장에서는 적대적 대상이다.

그런데 왜 기증을 한단 말인가?

적을 키워 주는, 무슨 만화상의 로망도 아니고 말이다.

노형진은 담당자들에게 느긋하게 웃으며 말했다.

"공포죠."

"공포?"

"네. 그들도 지금 탁송이 어찌 되는지 봤으니까요. 미친 듯한 치킨 게임에서 복수재단이 이겼고 이제 탁송은 무너지고 있습니다. 조만간 복수재단이 탁송을 집어삼킬 테고, 대대적으로 조사를 해서 어마어마한 피바람이 불 테지요."

사정 보지 않고 고발이 진행될 테니까.

"그런데요?"

"대부분의 사람들은 치킨 게임을 못 합니다. 기업? 기업도 한계가 있지요. 예산이라는 게 만든다고 뿅! 하고 나오는 게 아니니까. 그러면 치킨 게임에 들어가기 전에 막을 수 있는 방법이 뭐가 있을까요?"

"아……."

그걸 할 수 있는 사람과 친하게 지내는 거다.

라이벌들이야 어쩔 수 없다지만, 라이벌들 역시 치킨 게임에는 한계가 있다.

그들도 기업이고 그들 역시 예산에 한계가 있으니까.

"하지만 복수재단은 아니죠."

복수재단의 예산을 아는 사람은 없다.

하지만 이번 치킨 게임을 보면서 절대 작지 않다는 사실을 알았을 것이다.

그리고 그런 치킨 게임을 하면 자기가 질 수도 있다고 생각할 것이다.

그러면 접근을 막는 가장 좋은 방법은 하나뿐이다.

복수재단과 친밀해지는 것.

"일종의 뇌물인 셈입니다, '이걸 받고 저희 좀 봐주세요.'라는."

다들 아무런 말도 하지 못했다.

아까와 다르게 영 마음에 안 드는 표정.

"다들 왜 그러십니까?"

"그건 바르지 못한 일입니다."

여기에 모여 있는 사람들은 박봉에도 정의를 찾아서 온 이들이다.

그들에게 돈을 받고 봐주라는 건 모욕이었다.

노형진은 그런 그들을 보면서 살짝 미소 지었다.

'그래, 그래야지.'

돈 보고 넘어가는 사람이라면 노형진이 사절이었다.

"뇌물을 받고 봐주라는 게 아닙니다."

"그러면요?"

"이건 공식적으로 기부금이죠. 그리고 그걸 어디에 쓸지를 정하는 건 복수재단의 권한이죠."

"그게 무슨 말씀이십니까?"

"그 돈으로 기업의 주식을 사든가 아니면 비리를 모으는데 쓰든가, 그건 우리 마음대로 할 수 있다는 거죠. 하지만 저들은 계속 줄 수밖에 없을 겁니다. 두려우니까요."

"……!"

저들은 입을 막기 위해 돈을 주겠지만 복수재단은 이 돈으로 계속 그들의 비리를 모을 것이라는 뜻이다.

아니, 비리뿐만 아니라 주식으로 모을 수도 있다.

그리고 대부분의 주식회사는 주식을 가진 사람이 갑이다.

"복수재단이 주주 중 한 명으로 나타나면 아마 죽고 싶을 걸요."

　노형진은 씩 웃었다.

　"사회정의도 힘이 있어야 지킬 수 있는 겁니다. 그리고 복수재단은 이제 힘을 가지게 되었지요, 후후후."

　그리고 이제 기업 범죄의 천국이 좀 다른 모습으로 바뀌어 갈 거라고, 노형진은 생각했다.

판결은 내리지만 책임은 안 진다

노형진은 자신을 찾아온 여자를 바라보았다.

"판결문을 받았는데도 그런다고요?"

"네…… 어떡해요, 흑흑."

"이거 참."

노형진은 눈을 찌푸렸다.

그녀는 노형진이 맡았던 사건의 당사자였다.

사실 어려운 사건은 아니었다. 도리어 흔한 일이었다.

그녀의 집안이 어려운 상황에 처했고, 거기에다 하나밖에 없는 어머니는 암으로 쓰러졌다.

세상을 모르던 그녀는 다급하게 사채를 썼다.

물론 그게 정상적인 사채였다면 문제가 안 될 것이다.

하지만 불법 사채였던 것이 문제다.

이자율이 무려 800%.

현재 법정이자율인 34.9%의 몇십 배나 되는 이자율이다.

'그나마도 미래에는 24%까지 떨어지지만.'

노형진은 머리를 긁적거렸다.

'판결은 내려졌다 이거지.'

그녀가 쓴 돈은 500만 원.

그런데 그녀는 이미 그쪽에다가 5천만 원이 넘는 돈을 줬다.

물론 그 과정에서 그녀는 원하지 않는 쪽으로 발을 들이밀어야 했다. 그럼에도 불구하고 도무지 감당이 되지 않자 결국 새론의 문을 두들겼고 말이다.

"분명 재판에서 이겼는데요."

"하지만 협박을 계속하고 있어요. 경찰에 신고도 해 보고 그랬는데⋯⋯."

"거참."

노형진은 머리를 긁적거렸다.

"그러니까 돈을 포기 못 하겠다 이거네요?"

"네. 가게에도 와서 행패 부리고, 얼마 전에는 어머니가 계신 병원까지 찾아와서⋯⋯."

말은 하지 않았지만 무슨 일이 벌어졌을지 짐작하는 건 어렵지 않았다.

"경찰은 뭐래요?"

"자신들이 해 줄 수 있는 게 없다고…….."

"없기는 개뿔."

노형진은 혀를 끌끌 찼다.

'이놈의 나라는 판결이 내려져도 바뀌는 게 없어요.'

채권 관련 소송은 민사다. 당연히 민사로 넣었고, 이겼다.

'문제는 상대방이 그걸 지킬 생각이 없을 때지.'

재판에서 이겼다고 해서 끝이 아니다. 형사 같은 경우는 상대방을 처벌하면 감옥에 가든 뭘 하든 강제력을 투사할 수 있다. 그러니 문제가 안 된다.

하지만 민사는 그게 아니다. 강제력이 없으니 당연히 상대방이 지키지 않으면 그만이다.

"도리어 돈도 안 주고 있다고요?"

"네."

빌린 돈은 500만 원, 그들에게 준 돈은 5천만 원.

당연히 이자를 제외한 나머지는 부당이득으로 돌려받아야 하는 돈이었고, 노형진은 그 부분에서 이겼다.

"그런데 돈도 안 주고 도리어 와서 행패 부리면서 이자를 내놓으라고 협박질이라."

"이럴 줄 알았으면 차라리 소송하지 말 걸 그랬어요."

여자는 고개를 푹 숙였다.

바뀐 게 없다. 도리어 방심하는 사이에 이자를 내지 않았다면서 돈이 몇천으로 늘어났다.

"경찰에 신고를 해도 안 도와주고."

경찰은 협박으로 신고해도 실질적으로 피해가 없으면 출동하지 않는다.

설사 출동한다고 해도, 협박은 잘해 봐야 벌금 100만 원선.

사람을 두들겨 패도 변호사만 잘 쓰면 벌금 500만 원 정도면 되는 게 현 상황이다. 전형적인 무전 유죄 유전 무죄의 대한민국에서 돈이 넘치는 사채업자들은 무서울 게 없었다.

그러니 벌금 내고 피해자에게서 계속 돈을 뜯어내는 것이다.

'하긴 이 사람만의 문제가 아니지.'

사람들이 잘 모를 뿐, 같은 피해를 입고 있는 이들은 많다.

그들이 아무리 보호를 요청해도 정부는 보호해 주지 않는다.

'민사는 알아서 하고, 형사는 피해가 생기면 출동한다.'

이게 정부의 정책이니까.

물론 일반인에게는 이런 정책이 별문제가 생기지 않는다.

하지만 이런 일을 하는 작자들은 애초부터 법을 지킬 생각이 없다. 협박으로 처벌을 받으면 다른 사람을 보내서 협박하면 그만이다. 그러면 새로운 협박으로 구성된다.

'그놈들 마음이 이해가 안 가는 건 아닌데.'

평생을 뜯어먹으며 편하게 살 줄 알았는데 갑자기 받은 돈도 토해 내라고 하니 빡칠 것이다.

실제로도 많은 사채업자들이 이자를 뜯어먹기 위해, 상대방이 돈을 갚으려고 해도 받지 않으려고 든다. 그래야 한 푼이라도 더 뜯어먹으니까. 심지어 원금을 갚으면 그건 원금이 아니라 미래의 선이자라는 황당한 논리로 돈을 뜯어낸다.

'그러면 애초에 제대로 법정이자를 받든가!'

하지만 연 800% 이자라니, 말도 안 되는 개소리다.

"일단 경찰에 신고는 하지 마시고 도망가세요. 어머님 병원도 옮기시고요."

"네? 하지만 그래도 또 찾아올 텐데요?"

"그때까지 해결책을 만들어 보겠습니다."

노형진은 머리를 긁적거리면서 말했다.

"이건 뭐 말로는 안 되는 상황이니까요."

⚖

"홍등대출? 그 새끼들 또 속 썩이네."

노형진은 이런 문제에 대해 가장 잘 아는 사람, 그러니까 한만우를 찾아갔다. 그는 조폭을 운영했고, 지금은 전국구 조폭이자 양성화된 기업을 이끄는 사람이니까.

"아는 곳입니까?"

"그 새끼들, 중국계 자금이야."

"중국계 자금요?"

"그래. 설마 그 정도로 무식하게 인간을 갈아 가면서 일하는 놈들이 한국계겠어?"

"무슨 뜻인지 알겠네요."

한국계 대부 업체는 일단 자금이 부족한 경우가 많다.

그 말은 규모가 작다는 거다.

그리고 그러한 경우는 아무래도 법적인 처벌을 두려워한다.

처벌을 받은 경우 대체가 힘들기 때문이다.

"그리고 일본 애들은 쓸데없는 문제는 일으키지 않으려고 하지."

그들은 큰돈을 가지고 있기는 하지만 상대적으로 큰 문제는 일으키지 않는다. 쉽게 말해서 법정 최대 이자를 받으려고 하는 것은 사실이지만 연 800%라는 터무니없는 이자를 적용하지는 않는다는 것이다.

그러다가 결국 쫓겨나는 것보다는, 당당하게 홍보하면서 세력을 키우는 걸 선호한다는 것.

'그건 그렇겠지.'

정치권과 결탁해서 세력을 키우는 걸 선호하는 게 그들이니까.

"하지만 중국 애들은, 후우…… 꼴통이지."

한만우는 담배 연기를 허공으로 뿜으며 말했다.

"그럴 겁니다. 그 애들에게는 정치권과 결탁한다는 게 의미가 없으니까요."

중국 정부에서는 그들과 손잡을 필요가 없으니까.

거기에다 그들의 중화사상은, 타국의 법 따위는 자기 아래라고 생각하는 성향을 강하게 만들어 준다.

"홍등이 아니더라도 그런 애들 겁나 많아. 그런 애들은 말이 안 통해."

고개를 절레절레 흔드는 한만우.

"뭐, 재판으로 이긴 건 알겠지만 그 새끼들은 그래도 포기 안 할걸."

한만우는 어깨를 으쓱했다.

"돈 받을 방법도 없을 테고. 그렇지?"

"네."

노형진은 이미 부당하게 지급된 이자를 받아 내기 위해서 방법을 찾아보려고 했다. 하지만 그들은 그걸 예상한 건지, 제대로 가진 재산이 하나도 없었다. 가게도 남의 가게이고, 보증금도 없고, 월세도 현금으로 낸다.

심지어 집기조차도 제대로 된 것은 하나도 없었다.

오로지 금고와 컴퓨터 한 대뿐인데, 그건 돈이 안 된다.

"노 변호사, 이런 말 하면 그렇지만 노 변호사처럼 그 새끼들 어떻게 해 보겠다고 한 변호사가 전혀 없는 건 아니었어."

"그런가요?"

"그래. 하지만 그 새끼들이, 어디 그렇게 쉽게 포기할 새끼들인가?"

한만우는 질렸다는 표정으로 말했다.

"그런 고금리 사채를 주는 새끼들이 뭘 믿고 주겠어? 병신도 아니고, 믿는 게 있으니까 주는 거 아냐? 생각해 봐. 그런 사채 쓰는 놈들이 멀쩡한 상황이 아닐 텐데 뭘 믿겠어?"

"여자들이야 술집으로 내보낼 수 있다고 생각할 테고, 남자들이야 장기 판다고 하겠죠."

"역시 똑똑하네. 맞아, 그 새끼들 방식이 그거야."

돈 못 갚으면 장기를 팔아서라도 갚아라 그거다.

그나마 젊은 여성은 술집이라도 나가면 많은 돈을 벌지만, 남자들은 아무리 노력해도 갚을 방법이 없다.

결국 장기가 털리는 것이다.

"멍청한 정부에서 제대로 대처를 안 하니까 이런 일이 벌어지는 거야."

"한 대표님이 하실 말씀은 아닌 것 같은데요."

한만우는 코웃음을 쳤다.

"결국 이 바닥도 경쟁이거든."

"경쟁요?"

"인간이 쥐어짠다고 다 돈이 나오는 게 아니잖아."

결국 한국 조폭도 지역에서 돈을 벌기 위해서는 지역에 돈이 돌아야 한다.

"당장 나이트클럽만 가도 돈 없는 동네는 파리 날려. 저런 새끼들 때문에 우리 주머니가 비어 간다고."

"결국 한 대표님과도 좋은 관계는 아니라는 거네요."

"좋을 수가 없지."

어깨를 으쓱하는 한만우.

노형진은 그런 그를 보다가 자신의 계획을 슬쩍 내밀었다.

"그래서 말인데요, 한 사장님. 저랑 일 하나 안 해 보시겠습니까?"

"일? 노 변호사랑? 허 참, 노 변호사한테 그런 소리를 들으니 기분 묘하네."

"그게 묘한 일입니까?"

"묘한 일이지. 그런 말은 뭐, 우리 쪽에서 한 건 할 때 하는 소리 아닌가?"

"하하하."

틀린 말은 아니다. 영화에서 자주 인용되는 말이니까.

"그래, 보아하니 이번 일에 대한 해결책 같은데, 자네가 가지고 온 해결책이 뭔가?"

"슬슬 대표님의 조직도 규모를 키워야 하지 않습니까?"

"그건 그렇지."

한만우의 조직은 이제 엔터 쪽에서 확실하게 자리를 잡았다.

소위 말하는 가오만 세우며 굶던 사람들이 착실하게 일하면서 돈을 번다.

"하지만 그렇지 않은 자들도 많지요."

"그건 맞아. 그 애들을 우리가 쳐 낼 수가 없어서 곤란하지만."

모든 사람들이 현실에 수긍하는 것은 아니다.

오랜 세월 조폭으로 살아온 상당수는 규칙을 가진 일반 생활에 적응하는 것을 어려워한다.

그들에게 인생이란 주먹질과 폭력이지 성실이 아니니까.

"그들을 이용하시죠."

"응? 그들을 이용하라고?"

"네. 어차피 같이 가지도 못하고, 버릴 수도 없지 않습니까?"

"흠…… 그건 그런데."

같이 가자니 양성화된 조직에서 버티지 못하는 것이 현실이고, 버리자니 어찌 되었건 같이 고생해 온 조직원들이라 마음에 걸린다. 나중에 들어온 사람도 있기는 하지만 말이다.

"그들이 싸울 대상을 특정하는 거죠."

"어떻게?"

"채권 추심 업체를 만드는 겁니다."

"그런 곳이 어디 한두 개야?"

이미 한국에 채권 추심 업체는 여러 곳이다. 당장 새론에도, 알바들을 대상으로 하는 곳이라고 하지만 전문 채권 추심 업체가 있다.

"특화 추심이라는 거죠."

"특화 추심?"

"전에 어떤 만화에 보니까 그런 설정이 있더군요. 해적을 터는 해적이라는 설정요."

"해적을 터는 해적이라……."

해적은 범죄자이고 결코 좋다고 볼 수 없는 직업이다.

하지만 그럼에도 해적의 이미지 자체는 또 의외로 나쁘지 않다.

모험, 남자다움, 카리스마 등등.

그래서 나온 설정이 바로 해적만 전문적으로 터는 해적이다.

물론 현실적으로는 불가능하다. 알아보는 것도 힘든 일이고, 결국 양쪽 모두 전투 전문가라 그걸 할 놈들도 없다.

"하지만 이미지 자체는 괜찮은 편이지요."

"설마 우리보고 채권 추심 업체를 전문적으로 추심하는 채권 추심 회사를 오픈하라는 건가?"

"그렇습니다."

"흠…… 잠깐만…… 그건……. 어쩌면 가능할지도 모르겠군."

한만우는 생각에 빠졌다.

"이런 불법 채무에 고통 받는 분들이 많으시지요."

"그건 그렇지."

"그들이 소송해서 이기면 막대한 돈을 반환받을 수 있습니다."

당장 이번 사건만 해도 500만 원을 빌리고 5천만 원을 줬다.

재판에서는 법정이자를 제외한 4,300만 원을 돌려주도록 판결이 내려진 상태다.

"그거 받을 방법이 없다면서?"

"그건 그렇습니다."

"그런데 왜 그걸 해?"

"받을 방법을 만들면 됩니다."

"뭐?"

노형진은 씩 웃었다.

"그들에게 직접 받을 방법이 없는 거지, 받을 방법이 아예 없는 건 아니거든요."

"그게 무슨 소리인지 모르겠군."

"아까 말씀드렸잖습니까? 결국 그들도 채권 추심 회사라고요. 그리고 채권은 거래가 가능하죠. 반대로 말하면, 입증할 수 있는 채권이라면 그 채권에 대한 권한도 압류가 가능하다는 겁니다."

"그건…….."

한만우는 움찔했다.

그러고 보니 법에서는 채권도 거래가 가능한 객체로 본다는 걸 깨달은 것이다.

지금까지 채권이 압류가 안 된 가장 큰 이유는 일단 입증이 힘들기 때문이며, 둘째는 그걸 받을 수 있는지 확실하지 않기 때문이다.

"그러니까, 우리가 그걸 압류해서 돈을 받아 내라 이건가?"

"그렇습니다. 물론 법정이자 내에서요."

"흠."

한만우는 곰곰이 생각에 빠졌다.

사실 지금의 법정이자도 절대 적은 게 아니다.

3년이면 원금만큼 나오니까.

"지금 한 대표님의 조직은 전국구 조직입니다. 그리고 경찰과 긴밀한 협조 관계를 가지고 있지요."

"그건 그렇지."

한만우의 조직은 분명 폭력 조직이다.

하지만 다른 곳처럼 가서 돈을 빼앗는 식은 아니다.

예를 들면, 술집에는 치안을 보는 기도라고 하는 존재가 있다.

일반적으로 다른 폭력 조직은 술집에 가서 주인을 구타하고 보호비라는 명목으로 돈을 갈취해 간다.

하지만 한만우의 조직은 그게 아니다.

보호비를 받으면 실제로 사람을 보내서 지켜 준다.

비용이 안 된다면 그 지역 사무실에 연락해서 비상시 출동하게 한다.

술집 같은 경우는 여러 가지 이유로 경찰을 부르는 걸 꺼린다. 당장 술에 취해서 언성을 높이는 사람들의 경우 경찰을 불러 봐야 처리도 안 해 준다.

하지만 그들이 싸우면 분위기가 망쳐지고 다른 손님들이 나가 버려서 골치 아픈 존재다. 그런 사람들을 내보내는 것이 바로 기도나 한만우의 조직이 하는 일이다.

"지금 대부분의 피해자들은 개인으로는 저항할 수가 없어서 그들에게 돈을 뜯기는 겁니다."

"하지만 우리와 손잡으면 이야기가 달라지겠군."

채권을 넘겨받아서 압류한다는 계획.

"그 안에는 기본적으로 무력이 필요하지요."

노형진이나 새론이 하겠다고 나서면 그들은 분명 보복을 하려고 할 것이다.

아무리 새론에 경호 팀이 있다고 해도 다 커버할 수는 없다.

"확실히 우리 쪽은 문제가 없지."

한만우가 아무리 하지 말라고 해도 폭력에 찌들어서 그 세계로 자꾸 들어가는 자들이다.

돈의 문제가 아니다.

돈이 더 필요했다면 그 일을 하면 안 된다.

사람들의 생각과 다르게 조폭들, 특히 하위직은 돈을 벌지 못한다.

'그리고 그런 놈들의 인생은 뻔하지.'

폭력에 중독된 상태. 그런 사람들은 거기서 벗어나지 못한다.

'일이 잘못된다고 해도 뭐, 상관없지.'

한만우에게는 말하지 않았지만 그런 생각도 분명 있었다.

그런 자들이 일을 하다가 잘못된다고 한들 누가 슬퍼하겠는가?

그 정도로 폭력에 중독된 자들은 남에게만 폭력을 행사하지 않는다. 가족들에게도 폭력을 휘두르는 자들이다.

'그건 한만우가 가장 잘 알고 있을 테고.'

그렇기에 그는 타 조직을 흡수할 때도 폭력에 중독된 자들은 최대한 배제한다. 물론 아예 안 받아들일 수는 없지만, 통제가 불가능하다고 생각되면 과감하게 잘라 낸다.

"채권을 압류한다라."

"사실상 초기 자본을 생각하면 그 이후에 받아들이는 돈은 부가 수익인 셈이죠."

채권은 거래될 때 가격이 무척이나 낮아진다.

쉽게 말해서 이번 사건같이 4,300만 원 정도 되는 채권을 거래할 때 진짜로 4,300만 원을 주는 것은 아니다.

위험도가 높은 채권일수록 싸게 거래되는데, 이런 채권은 1천만 원 정도만 줘도 전혀 문제가 안 된다.

"하지만 1천만 원에 거래했다고 해도 채권 자체는 4,300만 원짜리죠."

즉, 4,300만 원을 받을 수 있는 권리를 1천만 원에 받은 셈이니까 그대로 4,300만 원을 받을 수 있다.

"피해자들은 불만이 없을 겁니다."

"그렇겠지."

어차피 자신이 받을 수 없는 돈이다.

도리어 그 때문에 협박을 받고 구타를 당하고 고통을 받는다.

"하지만 채권을 넘기는 순간 상황은 달라지지요."

권리자는 한만우가 될 테고, 그들이 피해자에게 가서 합의서를 써 봐야 법적으로 아무런 효과도 없다.

"결국 그들은 우리와 싸워야 하는군."

"네, 제가 노리는 게 그겁니다."

그들이 아무리 막장이라고 해도, 똥개도 자기 동네에서는 반은 먹고 들어간다.

전국구급의 한만우의 조직과 싸우는 건 그들에게 어마어마한 위험부담이 된다.

더군다나 한만우는 경찰과 검찰과 친밀한 관계를 유지하고 있다.

양성화를 했고, 그들이 감당하지 못하는 치안 부족 문제를 알아서 해결해 주고 있으니까.

"그들이 공격하면 검찰과 경찰의 집중 공격을 받게 될 겁니다."

그들로서는 한만우라는 존재가 무척이나 부담스러울 수밖에 없다.

"그런 식으로 채권을 압류하면서 그들을 말려 죽이는 겁니다."

"그러면 자네 조건은 뭔가?"

"기본 자금은 제가 대도록 하겠습니다. 대신에 순수익의 30%를 주십시오. 그리고 20%는 원래 피해자에게 돌려주시고요. 아, 채권 매입 비용과 별도로요."

"그러면 우리 수입은 50%인가?"

"네. 이 정도면 나쁜 조건은 아닌 것 같은데요?"

"확실히 구미가 당기는 조건이군."

총수입이 아니라 순수익의 50%다.

즉, 인건비나 기타 경비를 제외하고 진짜 남는 돈의 50% 라는 거다.

'확실히 괜찮은 조건이야.'

만일 하나도 안 남으면 안 줘도 그만이라는 거다.

하지만 법정이자만 해도 높기 때문에 아예 안 남을 가능성 은 없다.

'그 과정에서 전쟁을 좀 해야겠지만.'

안 그래도 피가 고파서 사방에서 사고 치고 다니는 놈들이 한만우에게는 골칫덩어리였다.

일부 조직원들은 아예 나가서 따로 조직을 만들기도 했다.

그런 경우 한만우는 어쩔 수 없이 경찰에 이야기해서 그들 을 소탕해야 했다.

브레이크가 없는 그들이 뭔 짓을 할지 알기 때문이다.

보호하자니 머리가 아프고, 그냥 두자니 싸우는 것 말고는 할 줄 아는 게 없는 놈들.

'더군다나 이건 합법이란 말이지.'

물론 저쪽에서 전쟁을 걸어올 것이다.

자신들의 싸움은 철저하게 방어전, 그러니까 정당방위다.

"나쁜 계획은 아니군."

안 그래도 사기꾼 놈들 건수를 일본 야쿠자들에게 빼앗겨 서 속이 쓰렸다.

하지만 어쩔 수가 없었다.

한국에 있으면 그들이 뭔 짓을 할지 모르니까.

그들이 법적인 문제를 들고나오면 한만우도 골치 아프다.

'하지만 이건 아니지.'

사실상 남의 돈으로 채권 놀음을 하는 셈이다.

그러니 하등 문제가 없다.

"알겠네. 내가 사람을 좀 모아 보지."

"얼마나 가능하시겠습니까?"

한만우가 피식 웃었다.

"얼마나 가능하겠냐고? 얼마나 잘라 내야 할지를 고민해야 할 걸세, 후후후."

다음 권으로 이어집니다